名／家／励／志／臻／选

名家\忆\旧\志\趣

意林 名家励志臻选

你好吗

张晓风 著
ZHANG XIAO FENG ZHU

墨 海 燃 情  将 爱 煮 醉

吉林摄影出版社
·长春·

图书在版编目（CIP）数据

你好吗 / 张晓风著. -- 长春：吉林摄影出版社，2019.4
（名家励志臻选）
ISBN 978-7-5498-3953-7

Ⅰ.①你… Ⅱ.①张… Ⅲ.①散文集-中国-当代Ⅳ.①I267

中国版本图书馆CIP数据核字(2018)第293756号

你好吗
NI HAO MA

项目出品	松果阅读
著　　者	张晓风
出版人	孙洪军
主　　编	顾　平　杜普洲
责任编辑	施　岚　孙　瑜
总策划	蔡　燕
丛书统筹	许树平
策划编辑	许树平
特约编辑	董　腾
设计总监	资　源
封面设计	资　源
封面插图	老　树
美术编辑	孔凡雷　李雪菲
发行总监	王俊杰
开　　本	880mm×1230mm 1/32
字　　数	200千字
印　　张	8
版　　次	2019年4月第1版
印　　次	2019年4月第1次印刷

出　　版	吉林摄影出版社
发　　行	吉林摄影出版社
地　　址	长春市净月高新技术产业开发区福祉大路龙腾国际大厦A座17楼　邮　编：130117
电　　话	总编办：0431-81629821
	发行科：0431-81629829
网　　址	www.jlsycbs.net
经　　销	全国各地新华书店
印　　刷	天津中印联印务有限公司
书　　号	ISBN 978-7-5498-3953-7　　定　价：38.00元

版权所有　翻印必究
如发现印装质量问题，请与承印厂联系退换

目录 CONTENTS

003	花圻
005	鼻子底下就是路
009	"前面的"水果
011	东邻的竹和西邻的壁
014	命甜
016	摘心
017	你为什么拿这一个
020	生命,以什么单位计量
022	曾是今春看花人
024	有个叫时间的家伙走过
026	不知有花

貳 我在

- 031 　我在
- 036 　你好吗
- 039 　你的侧影好美
- 042 　一只丑陋的狗
- 044 　急救室里的赞美声
- 046 　地毯的那一端
- 055 　回头觉
- 057 　平视，也有美景
- 061 　例外的惭愧
- 064 　肉体有千万种受难的形态
- 066 　念你们的名字

叁 癫者

- 075 　癫者
- 081 　我有一根祈雨棍
- 084 　让野生动物野
- 086 　我交给你们一个孩子
- 088 　好咖啡总是放在热杯子里的
- 090 　光环
- 099 　火中取莲
- 107 　不能被增加的人
- 109 　沙虱
- 111 　劫后

目录 CONTENTS

肆 尘缘

117	尘缘
125	爱我少一点,我请求你
128	那夜的烛光
130	母亲的羽衣
136	种种有情
143	一碟辣酱
146	傻傻的妈妈
148	小鸟报恩记
151	有些人
155	梅妃

伍 怀古

161	春之怀古
163	白千层
165	一柄伞
166	香椿
168	不朽的失眠
172	雨荷
174	春俎
180	缘豆儿
182	秋天·秋天
188	月,阙也
192	瑕

197	流苏与《诗经》
199	一条西裤
201	衣履篇
214	盒子
216	仗美执言
220	一番
223	酿一坛酒
228	烧窑的用破碗
231	那一锅肉
234	正在发生
237	浪掷
241	小小的烛光

壹 花圻

有时,一夜之间,花坼了,有时,半个上午,花胖了,花的美不全在色、香,在于那份不可思议。

花坼

> 有一天,当我年老,无法看花坼,则我愿以一堆小小的春桑枕为收报机,听百草千花所打的电讯,知道每一夜花坼的音乐。

花蕾是蛹,是一种未经展示、未经破茧的浓缩的美;花蕾是正月的灯谜,未猜中前可以有一千个谜底;花蕾是胎儿,似乎浑然无知,却有时喜欢用强烈的胎动来证实自己。

花的美在于它的无中生有,在于它的穷通变化。

有时,一夜之间,花坼了,有时,半个上午,花胖了,花的美不全在色、香,在于那份不可思议。

我喜欢郑重其事地坐看昙花开放,其实昙花并不是太好看的一种花,它的美在于它的仙人掌的身世带给人的沙漠联想,以及它猝然而逝所带给人的悼念,但昙花的拆放却是一种扎实的美,像一则爱情故事,美在过程,而不在结局。

有一种月黄色的大昙花,叫"一夜皇后"的,每绽开一分，便震出轰然一声，像绣花绷子拉紧后绣针刺入的声音，所有细致的蕊丝，顿时也就跟着一震，那景象常令人不敢久视——看久了不由得要相信花精花魄的说法。

我常在花开满前离去，花坼一停止，死亡就开始。

有一天，当我年老，无法看花坼，则我愿以一堆小小的春桑枕为收报机，听百草千花所打的电讯，知道每一夜花坼的音乐。

壹
花坏

鼻子底下就是路

每一次，我在陌生的城里问路，每一次我接受陌生人的指点和微笑，我都会想起外婆，谁也不是一出世就藏有一张地图的人，天涯的道路也无非边走边问，一路问出来的啊！

走下地下铁，只见中环车站人潮汹涌，是名副其实的"潮"，一波复一波，一涛叠一涛。在世界各大城市的地下铁里香港因为开始得晚，反而后来居上，做得非常壮观、利落。但车站也的确大，搞不好明明要走出去的却偏偏会走回来。

我站住，盘算一番，要去找个人来问话。虽然满车站都是人，但我问路自有精挑细选的原则：

第一，此人必须慈眉善目，犯不上问路问上凶神恶煞。

第二，此人走路速度必须不疾不徐，走得太快的人你一句话没说完，他已蹿到十米外去了，问了等于白问。

第三，如果能碰到一对夫妇或情侣最好，一方面"一箭双雕"，两个人里面至少有一个会知道你要问的路，另一方面大城市里的孤身女子甚至孤身男子都相当自危，陌生人上来搭话，难免让人害怕，一对人就自然而然胆子大多了。

第四，偶然能向慧黠自信的女孩问上话也不错，他们偶或一时兴起，也会陪我走上一段路。

第五，站在路边做等人状的年轻人千万别去问，他们的一颗心早因为对方的迟到急得沸腾起来，哪里有情绪理你，他和你说话之际，一分神说不定就和对方错过了，那怎么可以？

今天运气不错，那两个边说边笑的、衣着清爽的年轻女孩看起来就很理想，我于是赶上前去，问：

"毋该垒（'不该你'，即对不起之意），'德铺道中'顶航（顶是'怎'的意思，航是'行走'的意思）？"我用的是新学的广东话。

"啊，果边航（这边行）就得了（就可以了）！"

两人还把我送到正确的出口处，指了方向，才道了再见。

其实，我皮包里是有一份地图的，但我喜欢问路，地图太现代感了，我用不习惯，我仍然喜欢旧小说里的行路人，跨马走到三岔路口，跳下马唱声偌，对路边下棋的老者问道：

"老伯，此去柳家庄悦来客栈打哪里走？约莫还有多远脚程？"

老者抬头，骑者一脸英气逼人，老者为他指了路，无限可能的情节在读者面前展开……我爱的是这种问路，问路几乎是我碰到机会就要发作的怪癖，原因很简单，我喜欢问路。

至于我为什么喜欢问路，则和外婆有很大的关系。外婆不识字，且早逝，我对她的记忆多半是片段的，例如她喜欢自己捻棉成线，工具是一根筷子和一枚制线，但她令我最心折的一点却是从母亲那里听来的：

"小时候，你外婆常支使我们去跑腿，叫我们到某某路去办事，我从小胆小，就说：'妈妈，那条路在哪里？我不会走啊！'你外婆脾气坏，立刻骂起来，'不认路，不认路，你真没用，路——鼻子底下就是路。'我听不懂，说：'妈妈，鼻子底下哪有路呀？'后来才明白，原来你外婆是说鼻子底下就是嘴，有嘴就能问路！"

我从那一刻立刻迷上我的外婆，包括她的漂亮，她不识字却自具智慧，她把长工、短工、田产、地产管理得井井有条的精力以及她蛮横的坏脾气。

由于外婆的一句话，我总是告诫自己，何必去走冤枉路呢？宁可一路走一路问，宁可在别人的恩惠和善意中立身，宁可像赖皮的小么儿去仰仗哥哥姐姐的威风。渐渐地，才发现能去问路也是一种权利，是立志不做圣贤、不做先知的人的最幸福的权利。

每次，我所问到的，岂止是一条路的方向，难道不也是冷漠的都市人的一颗犹温的心吗？而另一方面，我不自量力，叩前贤以求大音，所要问的，不也是可渡的津口，可行的阡陌吗？

你好吗

  每一次，我在陌生的城里问路，每一次我接受陌生人的指点和微笑，我都会想起外婆，谁也不是一出世就藏有一张地图的人，天涯的道路也无非边走边问，一路问出来的啊！

壹 花坏

"前面的"水果

> 水果哪有高级、低级之别?只要新鲜,个个都是精的,就算是捡食小鸟啄剩的半个桃子,也是好的。

那些在青天上飞来飞去的女子大多身躯如香柏树,眉目则如宋画,而且中英文都很流利。在飞往北美的旅途上,我就遇见过这样一位。她温柔地对我说:"我认识你,你有什么需要可以跟我说。"

过了半小时,她再次来到我身边:"有什么需要吗?尽管告诉我,不要客气!"她忽然眼睛一亮,"我待会儿给你端一点'前面的水果'来!"

我愣了愣,前面的水果?什么叫前面的水果?水果还分前面和后面的吗?大概过了五秒钟,我忽然想通了,前面的水果就是指头等舱的水果,而我坐的是经济舱。

水果来了,装在漂亮的玻璃果盘里,有四色,红色的西瓜、橘色的蜜瓜、翠玉色的蜜瓜和紫色的葡萄,而"后面的水果"因为刚吃过,所以也还记得,那是西瓜、翠玉色的蜜瓜和番石榴。这其间,真有贵贱之分、优劣之判吗?

如果问上帝自己,我看他老人家也未必弄得懂,哪些水果是他的精心杰作,哪些是他的草草之笔。

曾经在台湾的白河雨后,和两位朋友一起捡拾熟极落地的杧果,那滋味何等强烈浓郁。那时刻,恍然以为自己是一只山中猕猴,跳跃自如。曾在旧金山的朋友的家中,和不怕人的雀鸟抢树上甜腻腻的无花果。

又曾在山东胶南的农家,按当地人的指示,把柿子戳一个小洞,然后把甜软的柿肉像吸啜果汁一样吸干,最后只剩下一片薄膜。另外,就是在美东摘樱桃,在阳明山顶摘圆饱的桶柑。水果哪有高级、低级之别?只要新鲜,个个都是精的,就算是捡食小鸟啄剩的半个桃子,也是好的。

那天,我吃了"后面的水果",又吃了"前面的水果",忽然明白,许多我在这世上不曾拥有的东西,例如远方某处绝美的风景、欧洲某个十六世纪的古堡豪宅,或银幕上某个令人心仪的美男子,或因某种机缘而能自幼就拥有的高尚学识或艺能,其实也不过尔尔。

身为"三饱一倒"的生物,又坐在一架"朝发夕至"的旅行器上,攫取掠夺,真有其必要吗?

东邻的竹和西邻的壁

> 东邻种竹,但他看到的是落地窗外的竹,而未必见竹影。西邻有壁,但他们生活在壁内,当然也见不到壁上竹影。我既无竹也无壁,却是奇景的目击者和见证人。是啊,我想,世上所有的好事都是如此发生的……

午夜,我去后廊收衣。

如同农人收他的稻子,如同渔人收他的网,我收衣服的时候,也是喜悦的,衣服溢出日晒后干爽的清香,使我觉得,明天,或后天,会有一个爽净的我,被填入这些爽净的衣衫中。

忽然,我看到西邻高约十五米的整面墙壁上有一幅画。不,不是画,是一幅投影。我不禁咋舌,真是一幅大立轴啊!

大画,我是看过的,大千先生画荷,用全开的大纸并排连作,恍如一片云梦大泽。我也曾在美国德州,看过一幅号称世界最大的画。看的时候不免好笑,论画,怎能以大小夸口?德州人也许有点奇怪的文化自卑感,所以动不动就要强调自己的大。那幅画自成一间收藏馆,进去看的人买了票,坐下,像看电影一样，等着解说员来把大画一处处打上照灯，慢慢讲给你听。

西方绘画一般多做扁形分割，中国古人因为席地而坐，所以有一整面的墙去挂画，因而可以挂长长的立轴。我看的德州那幅大画便是扁形的，但此刻，投射在我西邻墙上的画却是一幅立轴，高达十五米的立轴。

我四下望了望，明白这幅投影画是怎么造成的了。原来我的东邻最近大兴土木，为自己在后院造了一片景致。他铺了一片白色鹅卵石，种上一排翠竹，晚上，还开了强光投射灯，经灯一照，那些翠竹便把自己"影印"到那面大墙上。

我为这意外的美丽画面而惊喜呆立，手里还抱着由于白昼的恩赐而晒干的衣服，眼中却望着深夜灯光所幻化的奇景。

这东邻其实和我隔着一条巷子，我们彼此并不贴邻，只是他们那栋楼的后院接着我们这栋的后院。三个月前他家开始施工，工程的声音成天如雷贯耳，住这种公寓房子真是"休戚与共"，电锯、电钻的声音像牙医在我牙床上动工，想不头痛也难。三个月过去，我这做邻居的倒也得到一份意外的奖品，就是有了一排翠生生的绿竹可以看。白天看不算，晚上还开了灯供你看，我想，这大概算是我忍受噪声的补偿吧。

我绝少午夜收衣服，所以从来没有看到这种娟娟竹影投向大壁的景致，今晚得见，也算奇缘一场。

古代有一女子，曾在夜晚描画窗纸上的竹影，我想那该算是写实主义的笔法。我看到的这一幅却不同，这一幅是把三米高的竹子，借着斜照的灯光扩大到十五米，充满浪漫主义的荒渺夸大的美感。

此刻，头上是台北上空有限的没有被光害完全掐死的星光，身旁又有奇诞如神话的竹影，我忽然充满感谢。想我半生的好事好像都是如此发生的：东邻种了一丛竹，西邻造了一堵壁，我却是站在中间的运气特别好的那一位，我看见了东园修竹投向西家壁面的奇景。

对，所有的好事全都如此发生，例如有人写了《红楼梦》，有人印了《红楼梦》，有人研究了红学，而我站在中间，左顾右盼，大快之余不免叫人来一起瞧瞧，就这样被叫作了教授。又例如人家上帝造了好山好水，又铺了好桥好路，我来到这喟然一叹，竟因而被人称为作家……

东邻种竹，但他看到的是落地窗外的竹，而未必见竹影。西邻有壁，但他们生活在壁内，当然也见不到壁上竹影。我既无竹也无壁，却是奇景的目击者和见证人。

是啊！我想，世上所有的好事都是如此发生的……

命甜

原来我的行是指车,他的行是指鞋!他是对的,有上天所给的一双腿,有两双鞋,天下哪里不能去?鞋也可以是堂堂正正的行。我第一次发现,我们都可以是命很甜很甜的。

儿子不知道在哪里听说有"命苦"一词,立刻举一反三地想到了"命甜",而且兴冲冲地跑来找我:"妈妈,我的命很甜!"

"什么?"

"命甜!我有吃、有穿、有住、有行——"

"有行?"我大感不解,我们家没有车——连脚踏车也没有。

曾经有一段时间,我被买不买车的问题折腾得要命,但后来冷静一想,在巴士和的士如此方便的台北市其实并无买车的必要,省下钱还可以襄助许多有意义的工作。

"是呀,有行——我不是有两双鞋吗?"

壹
花圻

　　原来我的行是指车，他的行是指鞋！他是对的，有上天所给的一双腿，有两双鞋，天下哪里不能去？鞋也可以是堂堂正正的行。

　　我第一次发现，我们都可以是命很甜很甜的。

摘心

天地是宽厚仁慈的，失去的一枝主干，自有四五枝旁干来补足。

前不久，我忽然迷上种花，有一次，打电话问一个行家，她在电话里说："哦，矮牵牛啊！记得要摘心哪，愈摘，花发得愈好。"其实那番道理我早就懂，只是她是一个美丽、慧黠的女孩，听她这么说，简直像听人说法似的，处处禅机。

想起小时候在屏东，院子里有木瓜，木瓜正发得兴头，冷不防我们小孩就把它的头摘掉了，再发，再摘。摘两下，木瓜就变"聪明"了，它知道还是赶快向旁发展为妙。鲜艳的矮牵牛花也是如此，我们把直往上冲的花心摘了，结果反而促使它从旁边发出四五枝分干来，生物的本能似乎是愈挫愈勇的。

在生命历程里，你们可能都一度遭到摘心之痛，但生命的本能就是用最委婉的方式求得其生存和飞扬。天地是宽厚仁慈的，失去的一枝主干，自有四五枝旁干来补足。

一个繁花齐开的花季仍是可预期的。

壹 花坏

你为什么拿这一个

我习惯不看秤,不复核,店家说多少我就给多少。我不是个全然不计较的人,但生命、义理都够复杂了,实在顾不上水果的价钱啊!我当场把椰汁喝完了,那分量不多不少,刚刚够润我当下的枯喉。

回家之前,我去买了一些水果。

我买了一根香蕉、两个橘子和一个泰国椰子。中秋节刚过,家里水果没吃完的还很多,随便买一点即可。今天选的三样各有理由,香蕉是因为今年盛产,大家帮忙吃一点比较好,所以买它几乎是出于道德的因素。至于橘子是因为它初上市,皮还青青的,闻起来香味却极辛烈,令人想起千年前的苏轼写给朋友的诗:

"一年好景君须记,最是橙黄橘绿时。"

只需花少许钱,就能买到季节的容颜和气味,以及秋来的诗兴,何乐不为。所以,买橘子,是基于美学理由。

而买椰子却有个非常简单明了的诉求,我口渴了,此刻已

你好吗

是晚上十点半，我在外工作了一整天，非常辛苦，自己带的水也喝完了，买可乐或矿泉水会留一个塑胶瓶来伤害大地，不如买椰子，椰汁甘美近酒，而且椰子壳对大地是无害的。

但我在排队付钱的时候，收账的老板娘却用非常奇怪的眼神望了我一眼，说："喂，阿姨，你为什么要拿这一个？"

她指的是那个椰子。

咦？这一个不能拿吗？难道顾客有义务告诉店家自己为什么要选某一个水果吗？这年头连父母都不见得敢问子女为什么要选某人为配偶了，我却要回答这么一个奇怪的问题。

"没什么，我随便拿的。"我说的是实话。

付完钱，我请她帮我在椰子上凿一个洞。她凿好，替我插上麦管，然后，她转过身来，又追问了一句："那么多椰子，你为什么偏偏拿这一个？"

奇怪，原来她还没有放弃要问我真相。这一次，轮到我好奇了："这一个，有什么不该拿吗？"

"大小都是三十元一个，这一个，特别小呀！"她叹气，仿佛我是白痴。

"所以，刚才那根香蕉我没跟你算钱……但是，怪呀，你为什么要选这一个呢？"

她年纪看起来不算小，从事这一行想必也有些日子了，阅人大概也不在少数，看到我这种顾客不选大反选小，简直颠覆了她用"专业知识"归纳出来的金科玉律，所以想穷追猛打问个明白。

> 壹 花坏

但我并不想挑个大大的椰子，我此刻并没有太渴，就算渴，我也快到家了，我只想有点什么润润喉而已，有什么必要花时间去精挑细选找个椰汁饱足的大椰子呢？这跟道德的修养不太有关系，我只觉这样做比较合理而已。如果我此刻行过沙漠，口干舌燥之际看见椰子摊儿上有大小不一而价钱一样的椰子，我大概也会拣个大的拿吧。

可是回顾前尘，我的大半辈子好像都没碰上什么非争不可或非挑不可的事，我习惯不争，可也没吃过什么大亏。像此刻，老板娘不就免了我的香蕉钱吗？也许她可怜我吧。其实她没算我香蕉钱我也是经她说明才知道的。我习惯不看秤，不复核，店家说多少我就给多少。我不是个全然不计较的人，但生命、义理都够复杂了，实在顾不上水果的价钱啊！

我当场把椰汁喝完了，那分量不多不少，刚刚够润我当下的枯喉。

生命，以什么单位计量

我是我，不以公斤，不以厘米，不以智商，不以学位，不以畅销的"册数"。我，不纳入计量单位。

这是一家小店铺，前面做门市，后面住家。

星期天早晨，老板娘的儿子从后面冲出来，对我大叫一句："我告诉你，我的电动玩具比你多！"

我不知道他在跟谁说话，四面一看，店里只我一人，我才发现，这孩子在跟我做现代版的"石崇斗富"。

"你的电动玩具都是小的，我的，是大的！"小孩继续叫阵。

老天爷，这小孩大概太急于压垮人，于是饥不择食，居然来单挑我，要跟我比电动玩具的质跟量。我难道看起来会像一个玩儿电动玩具的小孩吗？我只得苦笑了。

他其实是个蛮清秀的小孩，看起来也聪明机灵，但他为什么偏偏要找人比电动玩具呢？

"我告诉你，我根本没有电动玩具！"我弯腰跟那小孩说,"一个也没有,大的也没有,小的也没有——你不用跟我比,我根本就没有电动玩具,告诉你,我一点也不喜欢电动玩具。"

小孩目瞪口呆地望着我,正在这时候,小孩的爸爸在里面叫他:"回来,不要烦客人。"

我不能忘记那小孩惊奇不解的眼神。大概,这正等于你驰马行过草原,有人拦路来问:"远方的客人啊,请问你家有几千骆驼,几万牛羊?"

你说:"一只也没有,我没有一只骆驼,一头牛,一只羊,我连一只羊蹄也没有!"又如有人问你:"你近年有没有新船下水?下水礼中你有没有准备够多的芋头?"

你却说:"我没有船,我没有猪,我没有芋头!"

这是一个奇怪的世界。计财的方法或用骆驼或用芋头。或用田地,至于黄金、钻石、房屋、车子、古董——都是可以计算的单位。

这样看来,那孩子要求以电动玩具和我比画,大概也不算极荒谬吧!

可是,我是生命,我的存在既不是"架""栋""头""辆",也不是"亩""艘""匹""克拉"等单位所可以称量评估的啊!

我是我,不以公斤,不以厘米,不以智商,不以学位,不以畅销的"册数"。

我,不纳入计量单位。

曾是今春看花人

花瓣纷落,细香微度,我们都是站在同一棵大树下惊艳的看花人,在同一个春天。我想,我还能再站一会儿。

台北有一棵树,名叫鱼木,从南美洲移来的,长得硕大伟壮,有四层楼那么高,暮春的时候开一树白花。这树有些年头了,粗略估算也该有八九十岁了。

今年四月花期又至,我照例去探探她。那天落雨,我没带伞,心想也好,细雨霏霏中看花并且跟花一起淋雨,应该别有一番意趣。花树位于新生南路的巷子里,全台北就此一棵。

有个女子从对面走来,看见我在雨中看花,忽然将手中一把小伞递给我,说:

"老师,这伞给你。我,就到家了。"

她虽叫我老师,但我确定她不是我的学生。我的第一个反应是拒绝,素昧平生,凭什么拿人家的伞?

"不用,不用,这雨小小的。"我说。

"没事的，没事的，老师，我家真的就快到了。"她说得更大声、更急切，显得越发理直气壮，简直一副"你们大家来评评理"的架势。

我忽然惊觉，自己好像必须接受这把伞，这女子是如此善良、执着，拒绝她简直近乎罪恶。而且，她给我伞，背后大概有一段小小的隐情：

这棵全台北唯一的鱼木，开起来闹闹腾腾，花期约莫三个礼拜，平均每天会有一千多人跑来看她。看的人或仰着头，或猛按快门，或徘徊踯躅，至于情人档或亲子档则指指点点，细语温婉，亦看花，亦互看。总之，几分钟后，匆忙的看花人轻轻叹一口气，在喜悦和怅惘中一一离去。而台北市有二百多万人口，每年来看花的人数虽多，也只是两三万，算来，看花者应是少数的痴心人。

在巷子里，在花树下，痴心人逢痴心人，大概彼此都有一分疼惜。赠伞的女子也许敬我、重我，也许疼我、怜我，但其中有一份情，她没说出口来，想来她应该一向深爱着这棵花树，因而也就顺便爱眷在雨中痴立看花的我。

我们都是花下过客，都为一树的华美芳郁而震慑而俯首，"风雨并肩处，曾是今春看花人"。

那天雨愈下愈大，我因有伞，觉得有必要多站一会儿，才对得起赠伞人。

花瓣纷落，细香微度，我们都是站在同一棵大树下惊艳的看花人，在同一个春天。我想，我还能再站一会儿。

有个叫时间的家伙走过

你所爱的和你所恶的,其实是同一个对象。只不过,有一个叫时间的家伙曾经走过而已。

"这是什么菜?"晚餐桌上,丈夫点头赞许,"这青菜好,我喜欢吃,以后多买这种菜。"

我听了啼笑皆非,立即顶了回去:"见鬼哩,这是什么菜?这是青江菜,两个礼拜以前你还说这菜难吃,叫我以后别再买了。"

"怎么可能?"

"怎么不可能?上次买的老,这次买的嫩,其实都是它,你说爱吃的是它,说不爱吃的也是它。"

同样的东西在不同时段的差别之大,几乎让你忘了它们原本是同一个!

此刻委地的尘泥,曾是昨日在枝头喧闹的春意,两者之间,谁才是那花呢?

今朝为蝼蚁食剩的枯骨,曾是昔时舞妒杨柳的软腰,两厢参照,谁方是那绝世的美人呢?

一把青江菜好不好吃,这里头竟然牵动起生命的大创痛了。

你所爱的和你所恶的,其实是同一个对象。只不过,有一个叫时间的家伙曾经走过而已。

不知有花

> **年**年桐花开的时候,我总想起那妇人,那位步过花潮花汐而不知有花的妇人,并且暗暗嫉妒。

那时候,是五月,桐花在一夜之间,攻占了所有的山头。历史或者是由一个一个的英雄豪杰叠成的,但岁月对我而言,是花和花的禅让所缔造的。

桐花极白,极矜持,花蕊却又泄露些许微红。我和我的朋友都认定这花有点诡秘——平日"守口如瓶",一旦花开,则所向披靡,灿如一片低飞的云。

车子停在一个小客家山村,走过紫苏茂盛的小径,我们站在高大的桐树下。山路上落满白花,每一块石头都因花罩而极尽温柔,仿佛战马一旦披上了绣帔,也可以供女人骑乘。

而阳光那么好,像一种叫"桂花蜜酿"的酒,人走到林子深处,不免叹息气短,对着这惊心动魄的手笔感到无能为力,强大的美有时令人虚脱。

壹 花坏

忽然有个妇人行来，赭红的皮肤特别像这一带泥土的色调。

"你们来找人？"

"我们——来看花。"

"花？"妇人一边匆匆往前赶路，一边丢下一句，"哪有花？"

由于她并不求答案，我们也噤然不知如何接腔，只是相顾愕然，如此满山满林扑面迎鼻的桐花，她居然问我们"哪有花"。

但风过处花落如雨，似乎也并不反对她的说法。忽然，我懂了，这是她的家，这前山后山的桐树是他们的农作物，是大型的庄稼。而农人对他们作物的花，一向是视而不见的。在他们看来，玫瑰是花，剑兰是花，菊是花，至于稻花桐花，那是不算的。

使我们为之绝倒发痴的花，她竟可以担着水怡然走过千遍，并且说：

"花？哪有花？"

我想起少年时游狮头山，站在庵前看晚霞落日，只觉如万艳争流竞渡，一片西天华美到几乎受伤的地步，忍不住转身对行过的老尼说："快看那落日！"

她安静垂眉道："天天都是这样的！"

事隔二十年，这山村女子的口气，同那老尼竟如此相似，我不禁暗暗嫉妒起来。

不为花而目醉神迷、惊愕叹息的，才是花的主人吧？对那大声地问我"花？哪有花？"的山村妇人而言，花是树的一部分，树是山林地的一部分，山林地是生活的一部分，而生活是浑然大化的一部分。她与花可以像山与云，相亲相融而不相知。

年年桐花开的时候，我总想起那妇人，那位步过花潮花汐而不知有花的妇人，并且暗暗嫉妒。

貳 我在

　　美丽的希冀盘旋飞舞,我将去即你,和你同去采撷无穷的幸福。

　　当金钟轻摇,蜡炬燃起,我乐于走过众人去立下永恒的誓愿。

贰 我在

我在

> "树在。山在。大地在。岁月在。我在。你还要怎样更好的世界?"

"我在!"就是为了证明自己的存在。在这个世界上,在这个城市里,在每一个人的心中,证明自己的价值。这是一种自信,一种坚定。

记得是小学三年级,偶然生病,不能去上学,于是抱膝坐在床上,望着窗外寂寂青山、迟迟春日,心里竟有一份巨大幽沉至今犹不能忘的凄凉。当时因为小,无法对自己说清楚那番因由,但那份痛,却是记得的。

为什么痛呢?现在才懂,只因你知道,你的好朋友都在那里,而你偏不在,于是你痴痴地想,他们此刻在操场上追追打打吗?他们在教室里挨骂吗?他们到底在干什么呢?不管是好是歹,我想跟他们在一起啊!一起挨骂挨打都是好的啊!

于是,开始喜欢点名,大清早,大家都坐得好好的,小脸

还没有开始脏,小手还没有汗湿,老师说:

"×××。"

"在!"

正经而清脆,仿佛不是回答老师,而是回答宇宙乾坤,告诉天地,告诉历史,说,有一个孩子"在"这里。

回答"在"字,对我而言总是一种饱满的幸福。

然后,长大了,不必被点名了,却迷上旅行。每到山水胜处,总想举起手来,像那个老是睁着好奇圆眼的孩子,回一声:

"我在。"

"我在"和"某某到此一游"不同,后者张狂跋扈,目无余子;而说"我在"却可以仍像是个清晨去上学的孩子,高高兴兴地回答长者的问题。

其实人与人之间,或为亲情或为友情或为爱情,哪一种亲密的情谊不能基于"我在这里,刚好你也在这里"的前提?一切的爱,不就是"同在"的缘分吗?

身为一个人,我对自己"只能出现于这个时间和空间的局限"感到另一种可贵,仿佛我是拼图板上扭曲奇特的一块小形状,单独看,毫无意义,及至恰恰嵌在适当的时空,却也是不可少的一块。天的存在是无始无终、浩浩莽莽的无限,而我是此时际此山此水中的有情和有觉。

有一年,和丈夫带着一团的年轻人到美国和欧洲去表演,我坚持选崔颢的《长干曲》作为开幕曲,在一站复一站的陌生城市里，舞台上碧色绸子抖出来粼粼水波，唐人乐府悠然导出。

"君家何处住，妾住在横塘。

停船暂借问，或恐是同乡。"

渺渺烟波里，只因错肩而过，只因你在清风我在明月，只因彼此皆在这地球，而地球又在太虚，所以不免停舟问一句话，问一问彼此隶属的籍贯，问一问昔日所生、他年所葬的故里，那年夏天，我们也是这样一路去问海外中国人的隶属所在的啊！

这辈子从来没喝得那么多，大约是一瓶啤酒吧，那是端午节的晚上，在澎湖的小离岛。为了纪念屈原，渔人那天不出海，小学校长陪着我们和家长会的朋友吃饭，对着仰着脖子的敬酒者你很难说"不"。他们喝酒的样子和我习见的学院人士大不相同，几杯下肚，忽然红上脸来，原来酒的力量竟是这么大的。

起先，那些宽阔黧黑的脸不免不自觉地有一份面对读书人的卑抑，但一喝了酒，竟人人急着说起话来，说他们没有淡水的日子怎么苦，说淡水管如何修好了又坏了，说他们宁可倾家荡产，也不要天天开船到别的岛上去搬运淡水……

而他们嘴里所说的淡水，也不过是咸涩难咽的怪味水罢了——只是于他们这却是遥不可及的美梦。

我们原来只是想去捐书，只是想为孩子们设置阅览室，没有料到他们红着脸粗着脖子叫嚷的却是水！这个岛有个好听的名字，叫鸟屿，岩岸是美丽的黑得发亮的玄武石组成的。浪大时，水珠会跳过教室直落到操场上来，澄莹的蓝波里有珍贵的丁香鱼，此刻餐桌上则是炸酥的海胆，鲜美的小鳝……然而这样一个岛，却没有淡水。

我能为他们做什么？在同盏共饮的黄昏，也许什么都不能，但至少我在这里，在倾听，在思索我能做的事……

读书，也是一种"在"。

有一年，到图书馆去，翻一本《春在堂笔记》，那是俞樾先生的集子，红绸精装的封面，打开封底一看，竟然从来也没人借阅过，真是"古来圣贤皆寂寞"啊！心念一动，便把书借回家去。书在，春在，但也要读者在才行啊！

对我而言，李贺是随召而至的，悲哀悼亡的时刻，我会说："我在这里，来给我念那首《苦昼短》吧！念'吾不识青天高，黄地厚，唯见月寒日暖，来煎人寿'。"

读那首韦应物的《调笑令》的时候，我会轻轻地念："胡马胡马，远放燕支山下。跑沙跑雪独嘶，东望西望路迷。迷路，迷路，边草无穷日暮。"一面觉得自己就是那从唐朝一直狂驰至今不停的战马，不，也许不是马，只是一股激情，被美所迷，被莽莽黄沙和胭脂红的落日所震慑，因而思绪万千，有不知所止的激情。

看书的时候，书上总有绰绰人影，其中有我，我总在那里。

《创世记》里，堕落后的亚当在凉风乍至的伊甸园把自己

贰 我在

藏匿起来。上帝说:"亚当,你在哪里?"

他嗫而不答。

如果是我,我会走出,说:"上帝,我在,我在这里,请你看着我,我在这里。不比一个凡人好,也不比一个凡人坏,我有我的逊顺祥和,也有我的叛逆凶戾,我在我无限的求真求美的梦里,也在我脆弱不堪一击的人性里。上帝啊,俯察我,我在这里。"

"我在",意思是说我出席了,在生命的大教室里。

几年前,我在山里说过的一句话容许我再说一遍,作为终响:

"树在。山在。大地在。岁月在。我在。你还要怎样更好的世界?"

"我在!"就是为了证明自己的存在。在这个世界上,在这个城市里,在每一个人的心中,证明自己的价值。这是一种自信,一种坚定。

你好吗

对于这位在博士班念英美文学的女孩来说,她觉得中国人的"吃饱没"应该是一个比较流畅自然而又不会令人手足无措的问安句。

语言无是非,只是很耐人寻味。

她读英美文学,在博士班,和一般人相比,她的英文当然算得上是好的。

可是,她却说,有一句最简单的客套话,她竟然硬是应对不上来。

那是一句什么话呢?那句话是:

"How are you?"

只要读过两个礼拜英文的人都会知道,这句话的意思是:

"你好吗?"

这么简单的问安的句子怎么每次都会难倒她,令她瞠目结舌,结结巴巴,苦于应对呢?

原来，对她而言，语言不能说得"有口无心"，不能随便应答。言语应该简简单单，实话实说。她仍保持简单的孩童语言的思考模式。

所以，听到老外一声"你好吗？"她立刻会想道："要怎么回答呢？我好吗？我此刻真的好吗？我此刻的心情真能称之为'好'吗？"

正当她这么反复思想着的时候，对方已经匆匆走远了。

原来，这句"你好吗？"只相当于一声——"哈啰！""嗨！"说者无心，说完以后可能也就走开了，并不真带着关爱的眼神来凝视你，或者巴巴地等着你的回答。

对这位女子而言，她觉得既然你好心关怀我，问我好不好，我怎能顺口回答说好，我怎能骗你呢？世上怎么可以有一种语言，而这种语言的逻辑却强逼你，逼你即使有烦心事，仍然得笑眯眯地对人回答那句标准答案：

"好，我很好，你好吗？"多么虚伪的客套啊！

继续推想下去，老外也真是古怪，他们把个人隐私看成天大的秘密，绝对不可随便开口打听。例如：

"你月薪多少？"

"你结婚了没有？"

"你有没有小孩儿？"

这些话如果在社交场合问对方，都算不礼貌。但为什么偏偏又可以问"你好吗"，其实好不好，才是真正的隐私呢！

这意味着一个人目前生理和心理的总状态，是我们个人此

你好吗

时此刻对人生的总评估，怎么可以随便告诉别人呢？

如果你问："你好吗？"

而我可以回答：

"很不好，刚失了恋。"

"不太好，车子跟人擦撞了。"

"糟极了，我父亲患了癌症。"

那么，这个问句是合理的。而如果身为一个问句，习惯上却不作兴，让回话人做正面的回答，这个问句未免离奇。

对于这位在博士班念英美文学的女孩来说，她觉得中国人的"吃饱没"应该是一个比较流畅自然而又不会令人手足无措的问安句。

语言无是非，只是很耐人寻味。

贰
我在。

你的侧影好美

我走回座位,吁了一口气。我终于把我要说的说了,我很满意我自己。对!其实我这辈子最该做的事就是去告诉别人,他所不知道的自己的侧影有多美。

中午在餐厅吃完饭,我慢慢地喝着那杯茶。茶并不怎么好,难得的是那天下午并没有什么赶着做的事,因此就慢慢地一口一口地吸着。

柜台那里有个女孩在打电话,这餐厅的外墙整个是一面玻璃,阳光流泻一室。有趣的是那女孩的侧影便整个印在墙上,她人长得平常,侧影却极美。侧影定在墙上,像一幅画。

我坐着,欣赏这幅"画"。奇怪,为什么别人都不看这幅美人图呢?连那女孩自己也忙着说个不停,她也没空看一下自己美丽的侧影。而侧影这玩意儿其实也很诡异,它非常不容易被本人看到。你一转头去看它,它便不是完整的侧影了,你只能斜眼去偷瞄自己的侧影。

我又坐了一会儿，餐厅里的客人或吃或喝——他们显然都在做他们身在餐厅该做的事。女孩继续说个不停，我则急我的事，我的事是什么事呢？我在犹豫要不要跑去告诉那女孩关于她侧影的事。

她有一个极美的侧影，她自己到底知道不知道呢？也许她长这么大都没人告诉过她，如果我不告诉她，会不会她一生都不知道这件事呢？

但如果我跑去告诉她，她会不会认为我神经兮兮，多管闲事？

我被自己的假设苦恼着，而女孩的电话看样子是快打完了。我必须趁她挂上电话却还站在原来位置的时候告诉她。如果她走回自己座位我再拉她站回原地去表演侧影，一切就不再那么自然了。

我有点生自己的气，小小一件事，我也思前想后，拿不出个主意来。啊！干脆老实承认吧！我就是怕羞，怕去和陌生人说话，有这毛病的也不止我一个人吧！好，管他呢，我且站起来，走到那女孩背后，破釜沉舟，我就专等她挂电话。

她果真不久就挂了电话。

"小姐！"我急急叫住她，"我有一件事要告诉你……"

"哦？"她有点惊讶，不过旋即打算听我的说词。

"你知道吗？你的侧影好美，我建议你下次带一张纸，一支笔，把你自己在墙上的侧影描下来……"

"啊！谢谢你告诉我。"她显然是惊喜的，但她并没有大叫大跳。她和我一样，是那种含蓄不善表达的人。

　　我走回座位，吁了一口气。我终于把我要说的说了，我很满意我自己。对！其实我这辈子最该做的事就是去告诉别人，他所不知道的自己的侧影有多美。

一只丑陋的狗

> **群**花在我眼前渐渐淡漠,只剩那只丑狗在翻滚、讴歌,我第一次看懂了那"丑陋"的美丽。

久雨乍晴,春天的山径上鸟腾花喧,无一声不是悦耳之声,无一色不是悦目之色。

忽然,跑来一只狗,很难看的狗,杂毛不黑不黄脱落殆尽,眼光游移戒惧,一看就知道是只野狗。

经过谨慎的研判,它断定我是个无害的生物,便在花前软趴趴地躺下,然后扭来扭去地打起滚来。我的第一反应是厌恶,因为这么好的阳光,这么华璨的春花,偏偏加上这么一只难看的狗,又做着那么难看的动作!但为了那花,我一时不忍离去。

奇怪的是事情进行到第二步,我忽然觉得自己想的不对了,我清楚地感知,这只狗正在享受生命,享受春天,我除了致敬,竟不能置之一词。

它的身体先天上不及老虎、豹子健硕华丽，后天的动作又不像受过舞蹈训练的人可以有其章法，它只是在打滚。可是，那关我什么事，它是一只野狗，它在大自然中享受这一刻的春光。

在这个城市里，此刻是否有一个人用打滚的动作对上帝说："你看！我在这里，我活得很艰辛，但只要有一口气在，我就要在这阳光里打滚、撒欢。我要说，我爱，我感谢。我不优美，但我的欢喜是真的。"

可惜的是，人们很多时候，从不说一句感谢，即使是在春天。

群花在我眼前渐渐淡漠，只剩那只丑狗在翻滚讴歌，我第一次看懂了那"丑陋"的美丽。

急救室里的赞美声

> **那**医生的赞美来自智慧和爱心,足以使整个急救室像殿堂一样神圣肃穆起来。

有一次在急诊室看医生急救病人。

病人已经昏迷了,氧气罩也没用了,医生竭尽全力地用一个类似皮球的东西往里面压缩氧气。

两个医生轮流压,好像打仗似的。

渐渐地,病人清醒了,但仍说不出话来。医生只好不断地发问,他点头或摇头即可,大概问了十几个问题才能碰得上一个点头的答案。

他是在路上发病的,一个亲人也没有,送他来的是一个不相干的人。

后来发现他可以写字——虽然他眼睛一直是闭着的。医生问他的病历,问他是不是服过某些药物,问他现在的感觉。

忽然,那医生惊喜地叫了一声:"写下去,写下去,再写！你写得真好——哎，你的字好漂亮呀！"

整个急救的过程，我都一面看一面佩服，但是当他用欢呼的声音去赞美那病人不成笔画的字的时候，我却感动得哽咽起来。

病人果真一直写下去。也许那病人想起了什么，虽然闭着眼睛，躺在床上仰面而写，那只手是从生死边缘被救回来的颤抖不已的手，但还有人在赞美他的字！

也许是颜体的，也许是柳体，也许什么都不是，只是一个活着的人写的字，可贵的是此刻他的字是"被赞美的字"。

那医生的赞美来自智慧和爱心，这足以使整个急救室像殿堂一样神圣肃穆起来。

地毯的那一端

> **我**们已有过长长的等待,现在只剩下最后一段了。等待是美的,正如奋斗是美的一样,而今,铺满花瓣的红毯伸向两端,美丽的希冀盘旋飞舞,我将去即你,和你同去采撷无穷的幸福。

德:

从疾风中走回来,觉得自己像是被浮起来了。山上的草香得那样浓,让我想到,要不是有这样猛烈的风,恐怕空气都会被香得凝冻起来!

我昂首而行,黑暗中没有人能看见我的笑容。白色的芦荻(芦竹)在夜色中点染着凉意。

这是深秋了,我们的日子在不知不觉中临近了。我遂觉得,我的心像一张新帆,其中每一个角落都被大风吹得那样饱满。

星斗清而亮,每一颗都低低地俯下头来。溪水流着,把灯影和星光都流乱了。我忽然感到一种幸福,那种混沌而又陶然的幸福。我从来没有这样亲切地感受到造物的宠爱,我们这样平庸,我总觉得幸福应该给予比我们更好的人。

但这是真实的,第一张祝福贺卡已经放在我的案上了。洒满了细碎、精致的透明照片,灯光下展示着一个闪烁而又真实的梦境。画上的金钟摇荡,遥遥地传来美丽的回响。我仿佛能听见那悠扬的音韵,我仿佛能嗅到那沁人的玫瑰花香!而尤其让我神往的,是那几行可爱的祝词:"愿婚礼的记忆存至永远,愿你们的情爱与日俱增。"

是的,德,永远在增进,永远在更新,永远没有一个边和底——六年了,我们守护着这份情谊,使它依然焕发,依然鲜洁,正如别人所说的,我们是何等幸运。每次回顾我们的交往,我就仿佛走进博物馆的长廊。其间每一处景物都意味着一段美丽的回忆。每一件事都牵扯着一个动人的故事。

那样久远的事了。刚认识你的那年才十七岁,一个多么容易犯错误的年纪!但是,我知道,我没有错。我生命中再没有一件决定比这项更正确了。前天,大伙儿一块吃饭,你笑着说:"我这个笨人,我这辈子只做了一件聪明的事。"你没有再说下去,妹妹却拍起手来,说:"我知道了!"啊!德,我能够快乐地说,我也知道。因为你做的那件聪明事,我也做了。

那时候,大学生活刚刚在我面前展开。台北的寒风让我每日思念南部的家。在那小小的阁楼里,我呵着手写蜡纸。在草木摇落的道路上,我独自骑车去上学。生活是那样黯淡,心情是那样沉重。在我的日记上有这样一句话:"我担心,我会冻死在这小楼上。"而这时候,你来了,你那种毫无期冀的友谊四面环护着我,让我的心触及最温柔的阳光。

我没有兄长,从小我也没有和男孩子交往过。但和你交往却是那样自然,和你谈话又是那样舒服。有时候,我想,如果我是男孩子该是多么好呢!我们可以一起去爬山,去泛舟。让小船在湖里任意漂荡,任意停泊,没有人会感到惊奇。

好几年后,我将这些想法告诉你,你微笑地注视着我:"那,我可不愿意,如果你真想做男孩子,我就做女孩。"而今,德,我没有变成男孩子,但我们可以去遨游,去做山和湖的梦,因为,我们将有更亲密的关系了。啊,想象中终身相爱相随该是多么美好!

那时候,我们穿着学校规定的卡其服。我新烫的头发又总是被风刮得乱蓬蓬的。想起来,我总不明白你为什么那样喜欢接近我。那年大考的时候,我蜷曲在沙发里念书。你跑来,热心地为我讲解英文语法。好心的房东为我们送来一盘春卷,我慌乱极了,竟吃得洒了一裙子。你瞅着我说:"你真像我妹妹,她和你一样大。"我窘得不知如何是好,只是一径低着头,假作抖那长长的裙幅。

那些日子真是冷极了。每逢没有课的下午我总是留在小楼上,弹弹风琴,把一本拜尔琴谱都快翻烂了。有一天你对我说:"我常在楼下听你弹琴。你好像常弹那首——《甜蜜的家庭》。怎样?在想家吗?"

贰 我在。

我很感激你的窃听,唯有你了解、关切我凄楚的心情。德,那个时候,当你独自听着的时候,你在想些什么呢?你想到有一天我们会组成一个家庭吗?你想到我们要用一生的时间以心灵的手指合奏这首歌吗?

寒假过后,你把《泰戈尔诗集》还给我。你指着其中一行请我看:"如果你不能爱我,就请原谅我的痛苦吧!"我于是知道发生什么事了:我不希望这件事发生,我真的不希望。并非由于我厌恶你,而是因为我太珍重这份素净的友谊,反倒不希望有爱情去加深它的色彩。

但我却乐于和你继续交往。你总是给我一种安全稳妥的感觉。从头起,我就付给你我全部的信任,只是,当时我心中总向往着那种传奇式的、惊心动魄的恋爱,并且喜欢那么一点点的悲剧气氛。为着这些可笑的理由,我没有接受你的奉献。我奇怪你为什么仍做那样固执的等待。

你那些小小的关怀常令我感动。那年圣诞节你把得来不易的几颗巧克力糖,全部拿来给我。我爱吃笋豆里的笋子,唯有你注意到,并且耐心地为我挑出来。我常常不晓得照料自己,唯有你想到用自己的外衣披在我身上(我至今不能忘记那衣服的温暖,它在我心中象征了许多意义)。是你,敦促我读书,是你,容忍我偶发的气性;是你,仔细纠正我写作的错误;是你,教导我为人的道理。

后来,我们一起得到学校的工读金,分配给我们的是打扫教室的工作。每次你总强迫我放下扫帚,我便只好遥遥地站在教室的末端,看你奋力工作。

在炎热的夏季,你的汗水滴落在地上。我无言地站着,等你扫好了,我就去挥挥桌椅,并且帮你把它们排齐。每次,当我们目光偶然相遇的时候,总感到那样兴奋。我们是这样彼此了解,我们合作的时候总是那样完美。

我注意到你手上的硬茧,它们把那虚幻的字眼十分具体地说明了。我们就在那飞扬的尘影中完成了大学课程——我们的经济从来没有富裕过;我们的日子却从来没有贫乏过。我们活在梦里,活在诗里,活在无穷无尽的彩色希望里。记得有一次我提到玛格丽特公主在婚礼中说的一句话:"世界上从来没有两个人像我们这样快乐过。"你毫不在意地说:"那是因为他们不认识我们。"我喜欢你的自豪,因为我也如此自豪着。

我们终于毕业了,你在掌声中走到台上,代表全系领取毕业证书。我的掌声也夹在众人之中,但我知道你听到了。在那美好的六月清晨,我的眼中噙着欣喜的泪,我感到那样骄傲,我第一次分沾你的成功,你的光荣。

"我在台上偷眼看你,"你把系着彩带的文凭交给我,"要不是中国风俗如此,我一走下台来就要把它送到你面前去。"

我接过它,心里垂着沉甸甸的喜悦。你站在我面前,高昂而谦和,刚毅而温柔,我忽然发现,我关心你的成功,远远超过我自己的。

那一年,你在受军训。在那样忙碌的生活中,在那样辛苦的日子里,你却那样努力地准备研究生考试。我知道,这件事你是为谁而做的。在凄长的分别岁月里,我开始了解,存在于我们中间的是怎样一种感情。你来看我,把南部的冬阳全带来了。我一直没有告诉你,当时你临别敬礼的镜头烙在我心上有多深。

我帮着你搜集资料,把抄来的范文一篇篇断句、注释。我那样竭力地做,怀着无上的骄傲。这件事对我而言有太大的意义。这是第一次,我和你共赴一件事,所以当你把录取通知转寄给我的时候,我竟忍不住哭了。德,没有人经历过我们的奋斗,没有人像我们这样相期相勉,没有人多年来在冬夜图书馆的寒灯下彼此伴读。因此,也就没有人了解成功带给我们的兴奋。

我们又可以见面了,能见到真真实实的你是多么幸福。我们又可以去散步,又可以蹲在旧书摊上享受一个闲散黄昏。我永不能忘记那次去泛舟。回程的时候,忽然起了大风。小船在湖里直打转,你奋力摇橹,累得一身都汗湿了。

"我们的道路也许就是这样吧!"我望着平静而险恶的湖面说,"也许我使你的负担更重了。"

"我不在意,我高兴去搏斗!"你说得那样急切,使我不敢正视你的目光,"只要你肯在我的船上,晓风,你是我最甜蜜的负荷。"

那天我们的船顺利地靠拢了岸。德,我忘了告诉你,我愿意留在你的船上,我乐于把舵手的位置给你。没有人能给我像你给我的安全感。

只是，人海茫茫，哪里是我们共济的小舟呢？这两年来，为了成家的计划，我们劳累到几乎是虐待自己的地步。每次，你快乐的笑容总鼓励着我。

那天晚上你送我回宿舍，当我们迈上那斜斜的山坡，你忽然驻足说："我在地毯的那一端等你！我等着你，晓风，直到你对我完全满意。"

我抬起头来，长长的道路延伸着，如同圣坛前柔软的红毯。我迟疑了一下，便踏向前去。

现在回想起来，已不记得当时是否是个月夜了，只觉得你诚挚的言辞闪烁着，在我心中亮起一天星月的清辉。

"就快了！"那以后你常乐观地对我说，"我们马上就可以有一个小小的家。你是那屋子的主人，你喜欢吧？"

我喜欢的，德，我喜欢一间小小的陋室。到天黑时分我便去拉上落地窗帘，捻亮柔和的灯光，一同享受简单的晚餐。但是，哪里是我们的家呢？哪儿是我们自己的宅院呢？

你借来一辆半旧的脚踏车，四处去打听出租的房子，每次你疲惫不堪地回来，我就感到一种痛楚。

"没有合意的，"你失望地说，"而且太贵，明天我再去找。"

我没有想到有那么多困难，我从不知道成家有那么多琐碎的事，但至终我们总算找到一栋小小的屋子。有着窄窄的前庭，以及矮矮的榕树。朋友笑它小得像个巢，但我已经十分满意了。无论如何,我们有了可以安身的地方。当你把钥匙交给我的时候,那重量使我的手臂几乎为之下沉。它让我想起一首诗:"我是一个持家者吗?哦,是的,但不止,我还得持护着一颗心。"我知道,你交给我的钥匙也不止于此。你心灵中的每一个空间我都持有一枚钥匙,我都有权径行出入。

亚寄来一卷录音带,隔着半个地球,他的祝福依然厚厚地缠绕着我。那么多好心的朋友来帮我们整理新家。擦窗子的,补门的,扫地的,挂画儿的,插花瓶的,拥拥熙熙地挤满了一屋子。我老觉得我们的小屋快要"炸"了,快要被澎湃的爱情和友谊撑破了。你觉得吗?他们全都兴奋着,我怎能不兴奋呢?我们将有一场出色的婚礼,一定的。

这些日子我总是累着。去试礼服,去订鲜花,去买首饰,去选窗帘的颜色。我的心像一坛喷泉,在阳光下涌溢着七彩的水珠。各种奇特复杂的情绪使我眩晕。有时候我也分不清自己是在快乐还是在茫然,是在忧愁还是在兴奋。我眷恋着旧日的生活,它们是那样可爱。我将不再住在宿舍里,享受阳台上的落日。我将不再偎在母亲的身旁,听她长夜话家常。而前面的日子又是怎样的呢?德,我忽然觉得自己好像要被送到另一个境域去了。那里的道路是我未走过的,那里的生活是我过不惯的,我怎能不惴惴然呢?如果说有什么可以安慰我的,那就是,我知道你必定和我一同前去。

冬天就要来了,我们的婚礼在即,我喜欢选择这季节,好和你厮守一个长长的严冬。我们屋角落里不是放着一个小火炉吗？我喜欢我们的日子从黯淡凛冽的季节开始，这样，明年的春花才对我们具有更美的意义。

我即将步入礼堂，德，当结婚进行曲奏响的时候，父亲将挽着我，送我走到坛前，我的步履将凌过如梦如幻的花香。那时，你将以怎样的微笑迎接我呢？

我们已有过长长的等待，现在只剩下最后一段了。等待是美的，正如奋斗是美的一样，而今，铺满花瓣的红毯伸向两端，美丽的希冀盘旋飞舞，我将去即你，和你同去采撷无穷的幸福。当金钟轻摇，蜡炬燃起，我乐于走过众人去立下永恒的誓愿。

因为，哦，德，因为我知道，是谁，在地毯的那一端等我。

回头觉

> **能**睡一个完美的觉的人是幸福的,可惜的是他往往并不知道自己拥有那份幸福,因此被吵醒而回头再睡的那一觉反而显得更幸福——只有遭剥夺的人才知道自己拥有的是什么。

几个朋友围坐聊天,聊到"睡眠"。

"世上最好的觉就是回头觉。"有一人发表意见。

立刻有好几个人附和。回头觉,也有人叫"还魂觉",只要睡过,就知道其妙无穷。

回头觉是好觉,这种说法也许并不合理,因为好觉应该一气呵成、首尾一贯才对,一口气睡得饱饱的,起来时可以大喝一声:"嘿!八小时后又是一条好汉!"

回头觉却是残破的,睡到一半,闹钟猛叫,必须爬起;起来后头重脚轻、昏昏沉沉、神志迷糊,不知怎么却又猛然想起,今天是假日,不必上班上学,于是立刻回去倒头大睡。这倒下之际那种失而复得的喜悦,是回头觉甜美的原因。

你好吗

世间万事，好像也是如此，如果不面临"失去"的惶恐，不像遭剥皮一般被活活剥下什么东西，也不会憬悟"曾经拥有"的喜悦。

你不喜欢你所住的公寓，它窄小、通风不良，隔音效果也不理想。但有一天你忽然听见消息，说它是违章建筑，下个月就要拆了。这时候你才发现它是多么好的一栋房子啊，它多么温馨安适，一旦被拆掉真是可惜，叫人到哪里再去找一栋和它相当的好房子？

如果这时候有人告诉你这一切不过是误传，这栋房子并不是违章建筑，你可以安心地住下去——这时候，你不禁欢欣喜悦，仿佛捡到一栋房子。

身边的人也是如此，惹人烦的配偶、缠人的小孩、久病的父母，一旦无常，才知道因缘不易。从癌症魔掌中抢回亲人，往往使我们有叩谢天恩的冲动。

原来一切的"继续"都可能被外力"打断"，一切的"进行"都可能被强行"中止"，而一切的"存在"也都可能被剥夺成"不存在"。

能睡一个完美的觉的人是幸福的，可惜的是他往往并不知道自己拥有那份幸福，因此被吵醒而回头再睡的那一觉反而显得更幸福——只有遭剥夺的人才知道自己拥有的是什么。

平视，也有美景

其实只是在寻常的小街角，用平视的角度观察所看到的小人物，以及他们平凡而又庸常的父慈子孝。平视——不一定要仰视或俯视——也有美景。

一

在香港，如果要约人相会，最好的见面地点似乎没什么可争议的，当然是高大醒目的汇丰银行。它离地铁近，是无人不知的地标。

那天，我便和朋友约在那里见面，打算坐缆车上山去吃饭观景。汇丰银行唯一的缺点是范围太大，且因人同此心，在此处等人的人数以百计。假日期间人潮汹涌，如同市集，所以有必要再指定一个小范围来碰头。

"铜狮子吧！"朋友建议，"面对银行右边的那一只。"朋友细心，狮子照例是一对，如果不说明左右，到时候总有点

你好吗

令人心慌。

我早到了，路远，不容易控制时间，多出二十分钟便只好拿来四处打量人群。

新雨初晴，万头攒动，"上海汇丰银行"的盛名炳炳彪彪，比起那些"新贵"，它是老牌了。而那两只狮子威仪赫赫，是往昔的也是今日的荣耀。

我于香港，虽是身居过客时为多，但我在这里教过书，我的戏也在此演过。我且拥有这个地区的身份证，和汇丰提款卡，使我和它之间不免觉得有点两情缱绻起来。

二

铜狮子曾被多少双手摸过？它永远那么光滑润泽，摸它的人都心怀喜悦吧？它那么雄壮，却那么驯良无害，每个人都可以一亲它那铜质的清凉的肌肤。

来了一对情侣，在狮身前合影后离去；来了一个小孩，被大人抱起，摸了一把狮毛，咯咯地笑着走了；来了一个女子，细瘦郁悒，她轻轻地握了狮腿，面无表情地走开。

我站在一旁看，我想起西方中古世纪有一种"带状演戏"的方法。

那时代，有些野台戏的演法是让观众站在路旁，演员则站在车子上（有点像电子花车），车到定位便停下来演一段戏献给路边的戏迷看。然后车子开走，然后下面会再开来一车，车上的演员会提供下一回合的剧情。如此一车车的情节串成悲欢离合,串成善恶报应,观众则在虚实幻设中喟叹、喜笑、流泪……

我今也是站在银行前的定点上看众生"演出、离去、演出、离去"的戏迷。然后,我看到有个穿黑色唐装的老人拄着杖走来,他慢慢地摸了狮头,又摸了狮座。

"咦,怎么有水?"他叫了一声。

"刚才下过一阵雨。"旁边回答他的年轻女子看来像他的女儿。我这才注意到,他是个盲人。

"以前,我是看过铜狮子的!好久了!"他说。

啊!女儿真好,真贴心,只有女儿才会想到要带盲眼的父亲出来散心,并且来摸摸这铜狮子。

我要约的朋友来了,我们一起去排队坐缆车。不料等缆车的时候,又碰到这对父女。我的广东话虽不怎么样,却厚着脸皮去找那女孩搭话:

"他是你什么人呀?"

"他是我爹地!"

"你真有心,你爹地有你这样的女儿好福气!"

这时朋友忽然对女孩说:

"我看你有点面熟哩!"

"我看你也是呀!"女孩说。

两人终于对出来了,朋友因为是牧师,有时会去各教堂讲道,他们曾在教堂见过。

三

于是聊起来，知道他们从广东来香港三十年了，她爸爸是这些年失明的，这位身着黑色唐装的老人从前是读过中国古书的。

"会背好多文章和诗词歌赋呢！"女孩无限景仰地夸耀着，老人则温和地浅笑。

到太平山坐缆车并赴山顶餐厅吃饭，一般人目的只有一个，便是俯瞰山下的千门万户和依依港湾——我不好意思地问女孩，对于失明的父亲，这一切，不都浪费了吗？

然而，缆车上，闭上眼，我揣摩盲人的世界，车子往上攀爬的时候，其实身体也是有感觉的。下了缆车，如鞭的山风自然跟平地是迥然不同的。

盲人于风景既不能俯视也不能仰望，但当女儿牵着他的手徐徐前行的时候，他会知道，自己就是令人羡慕的大好的风景。

下一次我如果再去汇丰总行，我会好好摸一下那只铜狮子。我会感知触摸的世界是如何清凉有致，感知世间曾有多少只手，各以他们一己的体温和指纹留下他们无言的故事。

登高俯瞰，原是许多城市常见的观光项目。如果你坐进旋转餐厅吃饭，你还可以看到整个三百六十度的"完全景观"——观察我真正志之不忘的，其实只是在寻常的小街角，用平视的角度观察所看到的小人物，以及他们平凡而又庸常的父慈子孝。

平视——不一定要仰视或俯视——也有美景。

例外的惭愧

> **我**惭愧，对那位我不知名的南半球的穿着素朴的女子。平生极少生愧，但一想起那妇人安静的眼神，瘦弱的身体，低抑的语调，我就——惶恐惭愧。

我有一个特点令我自己十分惭愧，那就是，我经常不惭愧。

譬如说，我去人家家里吃饭，女主人烧得一手好菜，我一边吃得津津有味，一边诚心诚意地赞道："真惭愧呀，这么好吃的东西，我怎么就烧不出来呀？"

可是，等晚上回到家里，夜深人静之际，我仿佛听见极幽微的声音在提醒我："哎，我说，你这家伙，你说的话好像不太诚实哦！你想想，你真的惭愧吗？你只不过是说说罢了，你干吗要说这种话？这世上说话不实在的人已经太多了，你还要再增加一个吗？"

我当下反思，哎呀，我并不是撒谎，我当时大概是一时冲动吧。我其实并不打算惭愧的，更不打算改过，我下回小心不乱说不实之话就是了。

其他的事以此类推，例如人家的屋子布置得如何雅洁清幽，人家的研究做得如何深沉扎实，人家的菜园打理得如何鲜翠欲滴，我其实都厚着脸皮轻易放过自己——动不动就惭愧，那日子可要怎么过啊？

不过，倒有一桩"外套事件"例外。

大约十年前，我暑假去新西兰旅游。暑假其实正逢新西兰的冬天，这一点，我虽然也知道，却仍然心存侥幸，不肯多带厚重的衣服。管他呢，等到了新西兰冷得受不了，再想办法吧！

到了新西兰，我那几件毛衣实在挡不了事，立刻想去买衣服。刚好那天朋友开车带我出游，车子开在公路上，我忽然大叫：

"停车，停车——开回去，我看到一所教堂！"

"教堂怎么了？"

"教堂门口有草坪，草坪上有一块牌子，牌子上写着'大义卖'。"

"奇怪，"朋友半信半疑，"车子开那么快，你也能看得到？"

但她还是把车绕着开了回去，果真教堂在举行义卖。义卖多半不卖什么好东西，都是些人家用不着的旧物品，倒是巧克力奶和饼干做得非常好，我们各点了一份。忽然，我看到了一件美丽的羽绒外套。哎呀,那刚好是我想要的,跑去一试,尺码正合适;再看价钱,天哪!差不多合台币两千元。当天的大堂里,每件东西都贱价,就这件外套这么贵。怎么回事,我竟看上唯一一件贵货,便忍不住想还价。

"对,我知道,"摊位的主人说,"这是场子里最贵的东西,可是这是我朋友刚从美国寄来送我的,全新呢!"

天气实在冷,我立刻付了钱,并且舍不得脱下。

"这件衣服穿来不错,你为什么不自己留着呢?"

"我不想穿得那么奢华,我穿普通的衣服就好。而且,教堂需要钱!"

我这才仔细看她,她穿着一件非常黯淡的土色毛衣,她人也带着几分土色。我忽然惭愧起来,我这样随手就买了东西,而这东西却是原主人口中的奢侈品。

年年冬天,我穿这件衣服的时候,内心都十分惶愧。想起那清瘦的主人,我觉得自己有点过分,但我又不能拿这件衣服去还她,只好小心翼翼爱惜着穿,好来赎我的罪咎。不管我能活多少岁,不管我有多重要的场合须出席,我立志不再去买第二件冬衣。

我惭愧,对那位我不知名的南半球的穿着素朴的女子。平生极少生愧,但一想起那妇人安静的眼神,瘦弱的身体,低抑的语调,我就——惶恐惭愧。

肉体有千万种受难的形态

医生啊,能否让自己的语言再精确一点,再丰富一点,再推敲仔细一点——要知道,你和病人共同形容的,是一个活生生的生命啊!在既不酸又不痛之外,医生啊,肉体还有千万种受难的形态都等待申诉呢!

我因事去找一位医生,那天我自己并不看病,便坐在诊疗室里等他看完最后几位病人。

这时进来一位60岁左右的老妇人。

"哪里不舒服?"医生不怒自威。

妇人蹙着眉,诉起苦来:"早上起来,这膀子呀,说不出的不舒服……"

医生捏捏她的肩膀。

"痛不痛?"

"不痛。"

"酸不酸?"

"不酸。"

"又不痛，又不酸——那你来看什么？"

"我……"妇人一时语塞。

我听得着急。这医生并不是坏人，但他的词汇怎么就这么贫乏呢？难道人的身体不会发生酸痛以外的不舒服吗？

我忍不住插嘴："是不是僵？"

妇人高兴起来："啊，对，就是'僵'！早上起来，整个膀子都'僵'！"医生低头"画"了些字，大概在开药吧。我不好意思再多说什么，我当时心中其实很想多叮咛他几句，我想说："医生啊，你知道你在干什么吗？你在'医'人啊！"

而人又是一个多么复杂、精明的生物，这种生物不是每一个都能把自己整理得有条不紊的；不是每一个都能把自己分析得头头是道的。我们是迷乱的、颠倒的、词不达意的，我们有时并不一定知道自己在干些什么。

在这一桩桩病情申诉里，充满肉体无辜的"冤情"，医生有时也是法官吧。某人妻子的肺癌，是一部她丈夫的抽烟史；某位父亲的十二指肠溃疡，是缘于独子的一场车祸。

他们来看病，其实也是来看他们生命里的悲情。诊疗室有如神父据守的神龛，可以听尽天下苍生的谶语和申诉。

因此，医生啊，能否让自己的语言再精确一点，再丰富一点，再推敲仔细一点——要知道，你和病人共同形容的，是一个活生生的生命啊！

在既不酸又不痛之外，医生啊，肉体还有千万种受难的形态都等待申诉呢！

你好吗

念你们的名字

> **念**你们的名字,在乡心隐动的清晨。我知道有一天将有别人念你们的名字,在一片黄沙飞扬的乡村小路上,或是曲折迂回的荒山野岭间,将有人以祈祷的嘴唇,默念你们的名字!

孩子们,这是八月初的一个早晨,美国南部的阳光舒迟而透明,流溢着一种让久经忧患的人鼻酸的、古老而宁静的幸福。助教把期待已久的发榜名单寄来给我,一百二十个动人的名字,我逐一地念着,忍不住覆手在你们的名字上,为你们祈祷。

在你们未来漫长的七年医学教育中,我只教授你们八个学分的中文,但是,我渴望能教你们如何做一个人——以及如何做一个中国人。

我愿意再说一次,我爱你们的名字,名字是天下父母满怀热望的刻痕,在万千中国文字中,他们所找到的是一两个最美丽、最醇厚的字眼——世间每一个名字都是一篇简短质朴的祈祷!

"林逸文""唐高骏""周建圣""陈震寰",你们的父母多么期望你们是一个出类拔萃的孩子。"黄自强""林进德""蔡笃义",多少伟大的企盼在你们身上。"张鸿仁""黄仁辉""高泽仁""陈宏仁""叶宏仁""洪仁政",说明了儒家传统对仁德的向往。"邵国宁""王为邦""李建忠""陈泽浩""江建中",显然你们的父母曾把你们奉献给苦难的中国。"陈怡苍""蔡宗哲""王世尧""吴景农""陆恺",含蕴着一个古老的圆融的理想。我常惊讶,为什么世人不能虔诚地细味另一个人的名字?为什么我们不懂得恭敬地省察自己的名字?每一个名字,无论雅俗,都自有它的哲学和爱心。如果我们能用细腻的领悟力去叫别人的名字,我们便能学会更多的互敬和互爱,这世界也可以因此而更美好。

这些日子以来,也许你们的名字已成为乡梓邻里间一个幸运的符号,许多名望和财富的预期已模模糊糊和你们的名字连在一起,许多人用钦慕的眼光望着你们,一方无形的匾已悬在你们的眉际。有一天,"医生"会成为你们的第二个名字,但是,孩子们,什么是医生呢?一件比常人更白的衣服?一个响亮荣耀的名字?孩子们,在你们不必讳言的快乐里,抬眼望望你们未来的路吧!

什么是医生呢?孩子们,当一个生命在温湿柔韧的子宫中悄然成形时,你,是第一个宣布这神圣事实的人。当那蛮横的小东西在尝试转动时,你是第一个窥得他的心跳的人。当他陡然冲入这世界,是你的双掌,接住那华丽的初啼。是你,用许多预防针把成为正常的权利给了婴孩。是你,辛苦地拉动一个初生儿的船纤,让他开始自己的初航。当小孩半夜发烧的时候,你是那些母亲理直气壮打电话的对象。一个外科医生常像周公旦一样,是一个在简单的午餐中三次放下食物走进急救室的人。有的时候,也许你只需为病人擦一点红药水,开几颗阿司匹林,但也有的时候,你必须为病人切开肌肤,拉开肋骨,拨开肺叶,将手术刀伸入一颗深藏在胸腔中的鲜红心脏。你甚至有的时候必须忍受眼看血癌吞噬一个稚嫩无辜的孩童而束手无策的裂心之痛!

一个出名的学者来见你的时候,可能只是一个脾气暴烈的牙痛病人。一个成功的企业家来见你的时候,可能只是一个气结的哮喘病人。一个伟大的政治家来见你的时候,也许什么都不是,他只剩下一口气,拖着一个中风后瘫痪的身体。挂号室里美丽的女明星,或者只是一个长期失眠的、精神衰弱的、有自杀倾向的患者——你陪同病人经过生命中最黯淡的时刻,你倾听垂死者最后的一次呼吸、探察他最后的一下心跳。你开列出生证明书,你在死亡证明书上签字,你的脸写在婴儿初闪的瞳仁中,也写在垂死者最后的凝望里。你陪同人类走过生、老、病、死,你扮演的是一个怎样的角色啊!一个真正的医生怎能不是一个圣者。

事实上,作为一个医者的过程正是一个苦行僧的过程,你需要学多少东西才能免于自己的无知,你要保持怎样的荣誉心才能免于自己的无知,你要几度犹豫才能狠下心拿起解剖刀切开第一具尸体,你要怎样自省才能在千万个病人之后免于职业性的冷酷和无情。在成为一个医治者之前,第一个需要被医治的,应该是我们自己。在一切的给予之前,让我们先成为一个"拥有"的人。孩子们,我愿意把那则古老的"神农氏尝百草"的神话再说一遍,《淮南子》上说:"古者民茹草饮水,采树木之实,食蠃蠯之肉,时多疾病毒伤之害。于是神农乃始教民播种五谷,相土地,宜燥湿肥高下,尝百草之滋味,水泉之甘苦,令民知所辟就,当此之时,一日而遇七十毒。"

神话是无稽的,但令人动容的是一个行医者的投入精神以及那种人饥己饥、人溺己溺、人病己病的同情。身为一个现代的医生当然不必一天中毒七十余次,但贴近别人的痛苦,体谅别人的忧伤,以一个单纯的"人"的身份,恻然地探看另一个身罹疾病的"人"仍是可贵的。

记得那个"悬壶济世"的故事吗?"市中有老翁卖药,悬一壶于肆头,及市罢,辄跳入壶中,市人莫之见。"——那老人的药事实上应该解释成他自己。孩子们,这世界上不缺乏专家,不缺乏权威,缺乏的是一个"人",一个肯把自己给出去的人。当你们帮助别人时,请记得医药是有时而穷的,惟有不竭的爱能照亮一个受苦的灵魂。古老的医术中不可缺的是"探脉",我深信那样简单的动作里蕴藏着一些神秘的象征意义,你们能否想象用一个医生敏感的指尖去探触另一个人脉搏的神圣画面。

因此，孩子们，让我们怵然自惕，让我们清醒地推开别人加给我们的金冠，而选择长程的劳瘁。诚如耶稣所说："非以役人，乃役于人。"真正伟人的双手并不浸在甜美的花汁中，他们常忙于处理一片恶臭的脓血。真正伟人的双目并不凝望最翠拔的高峰，他们常低俯下来察看一个卑微的贫民的病容。孩子们，让别人去享受"人上人"的荣耀，我只祈求你们善尽"人中人"的天职。

我曾认识一个年轻人，多年后我在纽约遇见他，他开过出租车，做过跑堂，以及各式各样的生存手段——他仍在认真地念社会学，而且还在办杂志。一别数年，恍如隔世，但最安慰的是当我们一起走过曼哈顿的市声，他无愧地说："我还保持着我当年那一点对人的关怀，对人的好奇，对人的执着。"其实，不管我们研究什么，可贵的仍是那一点点对人的诚意。我们可以用赞叹的手臂拥抱一千条银河，但当那灿烂的光流贴近我们的前胸，其中最动人的音乐仍是一分钟七十二响的雄浑坚实如祭鼓的人类的心跳！孩子们，尽管人类制造了许多邪恶，人体还是天真的、可尊敬的、奥秘的神迹。生命是壮丽的、强悍的，一个医生不是生命的创造者——他只是协助生命神迹保持其本然秩序的人。孩子们，请记住你们每一天所遇见的不仅是人的"病"，也是病的"人"，人的眼泪，人的微笑，人的故事，孩子们，这是怎样的权利！

作为一个老师,我所能给你们的东西是有限的。几年前,曾有一天清晨,我走进教室,那天要上的课是《诗经》。我捏着那古老的诗册,望着台下哽咽了,眼前所能看见的是二十世纪的硝尘烽烟,而课程的进度却要我去讲三千年前的"思无邪的"诗篇,诗中有的是水草浮动的清溪,是杨柳依依的水湄,是鹿鸣呦呦的草原,是温柔敦厚的民情。那美丽的四言诗是一种永恒,我告诉那些孩子们有一种东西比权力更强,比疆土更强,那是文化——只要中文尚在,则中国尚在,我们仍有安身立命之所。孩子们,选择做一个中国人吧!你们曾由于命运生为一个中国人,但现在,让我们以年轻的、自由的肩膀,选择担起这份中国人的轭。

孩子们,所有的良医都是良相——正如所有的良相都是良医。长窗外是软碧的草茵,孩子们,你们的名字浮在我心中,我浮在四壁书香里,书浮在黯红色的古老图书馆里,图书馆浮在无际的紫色花浪间,这是一个美丽的校园。客中的岁月看尽异国的异景,我所缅怀的仍是三月的杜鹃。孩子们,我们不曾有一个古老幽美的校园,我们的校园等待你们的足迹使之成为美丽。

孩子们,求全能者以广大的天心包覆你们,让你们懂得用爱心去托住别人。求造物主给你们内在的丰富,让你们懂得如何去分给别人。某些医生永远只能收到医疗费,我愿你们收到的更多——我愿你们收到别人的感念。

你好吗

　　念你们的名字,在乡心隐动的清晨。我知道有一天将有别人念你们的名字,在一片黄沙飞扬的乡村小路上,或是曲折迂回的荒山野岭间,将有人以祈祷的嘴唇,默念你们的名字!

癫者 叁

那天早上大概是被白云照醒的，我想。云影一片接一片地从窗前扬帆而过，带着秋阳的那份特殊的耀眼。

癫者

> "你真的是癫狂的吗?"一个孩子跑上前去,抱着他的颈项。
>
> 癫者庄严地站起身来,缓缓地说:"我不配,但我祝福你是,立志做个真正的癫者吧!孩子。"

一

癫者走入电影院,坐下来,看了一场越南大战。

当曲终人散,一个穿着制服的女孩子带着一把扫帚来清场,她看见癫者正掩面失声啜泣。

"回去吧,"她不耐烦地说,"如果你想看两次,你得再去买票。"

"两次?"癫者为之觳觫,"这样悲惨的电影谁能受得了看两次呢?"

"那么你出去,并且不要把眼泪洒了一地!"

"可是谁能不哭呢?"

"这只是电影!"

"就是因为它只是电影——我知道真的战争将比这残酷千倍。"

癫者一路哭了出去,把正午的日头哭成昏月。

二

癫者站在婴儿室的玻璃窗前,他的鼻子贴在冷冷的玻璃上,他的面孔因而平板得像一张拙劣的画。

"哪一个是你的孩子?"护士小姐走过来亲切地问。

癫者转过身来,张开嘴,因情急而流泪了。

"没有,"他口吃地说,"没有什么人是什么人的孩子,所有的孩子都不属于他们的父母——他们只属于他们自己的命运。"

"你说什么?"护士吃惊了。

"我在看他们的未来。"

"你看出了什么?"

"我看见他们将死于刀,死于枪,死于车轮,死于癌,死于苦心焦虑,死于哀毁悲切,死于老。我看见他们的小脸被皱纹撕坏,他们的骨头被忧苦压伤。

那善良的护士忽然失手,将针药散落了一地,襁褓中熟睡的婴儿们同时哭了起来。

三

癫者带着一个很大的捕网,走向春天的郊野。

他在芳香得令人难以自持的空气中跳跃着,追逐着,十分忙碌地把他的捕获物塞入背后的大袋中。

一个孩子在旁边看了许久,忽然受不了大叫起来:

"你真笨,连一只蝴蝶都捉不到。"

"我根本就不想捉蝴蝶。"癫者分辩道。

"那么你捉什么?"

"我捕风。"

"什么风?"

"今年春天的风,从岩穴里来的风,穿过毵毵金缕的风。"

"你捉到了吗?"

"我捉到了,在我背上的行囊里。"

癫者骄傲地展示他的皮袋,但其中空无一物,癫者惊讶地坐地大哭。

"原来是有的,只是现在散了。"

孩子不屑地转身离去,他的运气不错,因为还赶得上到不远的小溪边去——那里有一个高明的捕手,刚好捉到一只耀眼的大彩蝶。

四

癫者在一家百货商店里趔趄，立刻引起店员的怀疑。

"要买什么？"她们大声咆哮。

"听说，听说你们有一种新货色，叫作爱情。"

"是的。那是一款洗衣机的名。"

癫者黯然垂首。

"没有人将多余的爱放在这里寄售吗？"

"多余？"女店员尖声叫了起来，"我们人人自己都缺货呢！"

一架旋转的黑梯把癫者送下楼，癫者觉得自己已不断地下沉……

五

黄昏，癫者拿着一个又冷又干的馒头，坐在路边的椅子上啃食。

忽然，他把那无味的馒头放入怀中，哀哀地哭了起来。

"我多么残忍，"他说，"当我在咀嚼这细致的白面一分钟，不正有许多跟我一样圆颅方趾的人，因为连粗麦也得不着而饿死吗？"

他就因自己奢侈的晚餐而深悔，竟至终夜无眠。

六

癫者在公园的草地上午寐,有哭声把他吵醒了,他看到两个相咬的孩子。

"你们是一对仇敌吗?"

"不,"他们怀着怨毒说,"我们是兄弟。"

癫者又睡去,并且再度被哭声吵醒,他看到两个相诟的男女。

"你们是一对仇敌吗?"

"不,"他们怀着怨毒说,"我们是夫妻。"

癫者勉强合眼,仍然被哭声吵醒,他看到相执的老人和青年。

"你们是一对仇敌吗?"

"不,"他们怀着怨毒说,"我们是父子。"

癫者于是翻身而起,逃向大山。

七

有人看见癫者在海边刳木为舟,就群聚前观。

其中某个胆子较大的人上前来问道:"癫者,你要走了吗?"

"谁不走呢?谁又有'永久地址'呢?"

"你要到哪里去?"

"你们谁又知道自己往哪里去呢?"

众人中较敏感的已开始为自己低泣。

"你真的是癫狂的吗?"一个孩子跑上前去,抱着他的颈项。

癫者庄严地站起身来,缓缓地说:"我不配,但我祝福你是,立志做个真正的癫者吧!孩子。"

八

有许多日子人们不见癫者,直到第二年春天,非洲菊开得特别绚丽的时候,有一个女孩子说她在澎湃如海的花丛中看到过他的脸。

"真的是他的脸?"有人问。

"我不知道。"女孩说,"我定睛看时,只见春花不见人。"

于是有好事的人去看那片花海。

可是,当他们赶到的时候,连那片花海都不在了。

叁
癫者

我有一根祈雨棍

> **枯** 焦的大地上，我不尊贵，我俯伏，我是为普世的大旱跪求一滴甘霖的祈雨者。

我有一根祈雨棍，我花钱买来的。

买的地点在加拿大的哥伦比亚冰原，这根祈雨棍据说是北美印第安人用的。一般观光客为了省钱省力，大概会买根短棍（一尺或二尺长）做纪念品也就罢了。我却贪心，买了根最长的，是根足足四尺的长棍，店主人说祈雨棍最长也就这么长了。而棍子的直径大约是四厘米。

扛着这么根长棍，我又一路旅行到阿拉斯加，在海湾里看杀手鲸和海豚优游，看冰崖雪崩的惊心景状。无论走到哪里，这大棍简直像评剧舞台上的齐眉棍，一路引人注目。

祈雨棍的材料是大仙人掌的空心直秆。秆子上原来长满一寸长的利刺，但在制作的时候他们先把秆子晒干，然后很巧妙地把一根根外刺反塞到棍子的内腹部，变成固定的内刺。一根棍子摘了刺,又晒得滑溜干挺,十分称手。他们再把一些小沙小石灌进棍子中空的位置,封好封口,晃动棍子,小沙小石便在众刺中间游走。密封的棍子是极好的共鸣箱,一时之间只闻飞沙走石之声盈盈于耳,仿佛天风折黄云,迅雷动百草,大雨显然已迫在眉睫,立刻会兜头盖脸地下下来。

想当年,莽莽的大草原上,清晨时分,上百巫师,一起举起他们的祈雨棍,那轰轰然如飙风如阵雷的声音节奏,必然令人动容。

我不是农人,对下雨不太有概念,雨对都市人造成了种种不便,都市人简直希望雨水应该自动消失才好。但近年来水库缺水,我才蓦然惊觉原来雨水比汽油、比金子都可贵。

对了,如果雨水是人,我要劝他也不宜太好心,充分供应之余就会产生一群忘恩负义的家伙。应该适度缺货,人类才有"大旱望云霓"的谦卑渴想。

人类很贱,过不得好日子,并且从来不懂得珍惜上帝不经祈求就赐下来的东西,像日光,像空气。

回到家,我把祈雨棍好好珍藏,并且不时拿出来晃两下,聆听那风狂雨骤的声音。

祈雨棍提醒我做人宜卑微,原来,无论多么心高气傲的族类,真正碰到长期不下雨的场面,也不免慌了手脚。人类虽然也应自尊自重,但另一方面却也急需知道自己的有限有穷,能有一根祈雨棍来向我耳提面命,令我自卑自迩,也真是一件好事。

亲爱的上苍，请给我顺遂，请给我丰裕，但也时时容我稍稍感受枯竭的惶急和伤痛。这样，在大雨沛然之际，我才懂得感恩。而且，如果我已顺遂到不知惶急和伤痛为何物，恐怕在这地球上，有一半的人口在忍受的那种心情已与我绝缘。

枯焦的大地上，我不尊贵，我俯伏，我是为普世的大旱跪求一滴甘霖的祈雨者。

让野生动物野

不要喂它。喂它,就是宠它。但野生动物不是宠物,不该遭人喂食。

"让野生动物野!"

这是美国国家公园给游客的告示。

让野生动物去野!不要喂它。喂它,就是宠它。但野生动物不是宠物,不该遭人喂食。

小松鼠、小花栗鼠、美丽的蓝鸫鸟、大黑熊、灰狼……都那么可爱,游客一念之仁,便不免去施食。

然而这施食却成了伤害。

"一旦喂食,你就把野生动物变成乞丐了。"

原来,不仅是"嗟来之食"不可吃,就连"礼貌性地施食"也不可以接受,一旦接受惯了,就立刻变成乞丐。

"它们会跟着汽车跑着乞食,弄不好,就给轧死。"

告示上的说明令人触目惊心——那个会抛出食物的机械之

神,居然同时也是可以轧死人的恶兽。

"从'跟踪器'显示,经过喂食的黑熊,在山林里转了160公里,都不曾主动去觅食,因为它觉得食物反正自己会送上门来。"

武侠小说里江湖英雄最悲惨的命运其实不是死亡,而是遭人挑了手筋脚筋,以致"废了一身武功"。

野生动物一旦遭到人类好心喂食,就等于英雄豪杰遭人废武功。一项简简单单自己找东西自己吃的生存法则居然也不会了。

"而且,人类的精致食物,会使动物严重脱毛。"

这一项说明,是大峡谷国家公园强调的。

我在崇山峻岭间行走时,不免为这样的告示惊动,原来"天地之漠漠无亲"才是大悲,人类的小德小惠,反是不仁。

"我曾被什么所豢养吗?有没有哪一种施食方式将我变成乞丐了?"

我栗然自问。

我交给你们一个孩子

世界啊,今天早晨,我,一位母亲,向你交出她可爱的小男孩,而你们将还我一个怎样的呢?

小男孩走出大门,反身向四楼阳台上的我招手,说:"再见!"那是好多年前的事了,那个早晨是他开始上小学的第二天。

我其实仍然可以像昨天一样,再陪他一次,但我却狠下心来,看他自己单独去上学。他有属于他的一生,是我不能相陪的,母子一场,只能看作一把借来的琴弦,能弹多久,便弹多久,但借来的岁月毕竟是有其归还期限的。

他欣然地走出长巷,很听话地既不跑也不跳,一副循规蹈矩的模样。我一个人怔怔地望着巷子下细细的朝阳而落泪。

想大声地告诉全城市,今天早晨,我交给你们一个小男孩,他还不知恐惧为何物,我却是知道的,我开始恐惧自己有没有交错。

我把他交给马路，我要他遵守规矩，沿着人行道而行，但是，匆匆的路人啊，你们能够小心一点吗？不要撞倒我的孩子，我把我的至爱交给了纵横的道路，容许我看见他平平安安地回来。

我不曾迁移户口，我们不要越区就读，我们让孩子读本区内的小学而不是某些私立明星小学，我努力去信任"教育当局"，而且，是以自己的儿女为赌注来信任——但是，学校啊，当我把我的孩子交给你，你保证给他怎样的教育？今天清晨，我交给你一个欢欣诚实而又颖悟的小男孩，多年以后，你将还我一个怎样的青年？

他开始识字，开始读书，当然，他也要读报纸、听音乐或看电视、电影，古往今来的撰述者啊，各种方式的知识传递者啊，我的孩子会因你们得到什么呢？你们将饮之以琼浆，灌之以醍醐，还是哺之以糟粕？他会因而变得正直、忠信，还是学会奸狯、诡诈？当我把我的孩子交出来，当他向这世界求知若渴，世界啊，你给他的会是什么呢？

世界啊，今天早晨，我，一位母亲，向你交出她可爱的小男孩，而你们将还我一个怎样的人呢？

好咖啡总是放在热杯子里的

我 多愿自己也是一份千研万磨后的香醇,并且慎重地斟在一只洁白温暖的厚瓷杯里,带动一个美丽的清晨。

经过罗马的时候,一位新识不久的朋友执意要带我们去喝咖啡。

"很好喝的,喝了一辈子难忘!"

我们跟着他东弯西拐大街小巷地走,石块拼成的街道美丽繁复,走久了,让人会忘记目的地,竟以为自己是出来踏石块的。

忽然,一阵咖啡浓香侵袭过来,不用主人指引,自然就知道咖啡店到了。

咖啡放在小白瓷杯里,白瓷很厚,和中国人爱用的薄瓷相比另有一番稳重笃实的感觉。店里的人都专心品咖啡,心无旁骛。

侍者从一个特殊的保暖器里为我们拿出杯子,我捧在手里，忍不住惊讶道："咦，这杯子本身就是热的哩！"

侍者转身，微微一躬，说："女士，好咖啡总是放在热杯子里的！"

他的表情既不兴奋，也不骄矜，甚至连广告意味的夸大也没有，只是淡淡地在说一件天经地义的事而已。

是的，好咖啡总是应该斟在热杯子里的，凉杯子会把咖啡带凉了，香气想来就会蚀掉一些，其实好茶好酒不也都如此吗？

原来连"物"也是如此自矜自重的，庄子中的好鸟择枝而栖，西洋故事里的宝剑深契石中，等待大英雄来抽拔，都是一番万物的清贵，不肯轻易亵慢了自己。古代的禅师每从喝茶喂粥去感悟众生，不知道罗马街头那端咖啡的侍者也有什么要告诉我的。

我多愿自己也是一份千研万磨后的香醇，并且慎重地斟在一只洁白温暖的厚瓷杯里，带动一个美丽的清晨。

光环

> **我** 低下头,心中好像有一万种复杂的情感需要表达,却又好像不再具有一缕累人的思绪了,啊!为什么我这样低估她的友谊呢?让所有的人误会我吧,她是了解我的,我还需要什么呢?她是了解我的,我感到一种甜蜜,一种骄傲,一种恬远的自足。

我不止一次听到别人说我冷漠,说我骄傲,说我盛气凌人,这是他们的偏见吗?或是我自己并不十分了解自己呢?我是否已经树立了许多敌人?

我不知道,我只晓得,我是有些朋友的,我只晓得,在我身边还有许多人,认为我并不冷漠,并不骄傲,并且并不盛气凌人——菊如就是其中的一个。

我认识菊如是在四年前的新生训练中,她梳着两条长长的辫子,穿着一件格子裙,笑的时候总要加上强调的尾音,让人很自然地想跟她一起笑,我特别喜欢她那胖墩墩的体形,让人有一种舒泰的感觉。

开学后不久,女孩子们很自然地便混熟了,午饭后我们总坐在竹林里面谈天。有一次我们谈到自己的绰号，她说："我小学时就叫小胖，到了初中原来以为可以换掉了，谁知又有人叫我小胖，等升了高中，还是叫小胖。"

"那么，我们沿着旧制吧！"大伙儿便兴奋地决定了。

那时候，班上有十个女孩子，我常喜欢在暗地里仔细评较她们，她总是拖拖拉拉的，懒懒散散的，仿佛要她修饰一下，就会让她头痛十天似的，她从来不矫揉造作，从来不企图让自己更女性化。但是，我终于认定她是最美的。她的脸上永远刻画着一种自然而又含蓄的美，那线条挺秀的鼻梁，那棱角分明的嘴唇，是我从来没有在别的面孔上发现过的——即使有，也不可能配合得像她这样巧妙。

她又戴着一副眼镜，显得斯文而秀丽。我常想，如果我有她一半的娟秀，如果我有她一半的可爱，那该有多么好啊！

其实，除了外形的美丽之外，她还有许多更吸引人的地方，我从来没有见过一个人，像她一样和悦、一样讨人喜欢。也从来没有人有她那样惊人的记忆力——居然能够在四十分钟内把《过秦论》背熟——那是我努力了两个晚上仍不能上口的。此外，我每次想起她，总不免要怀念起她的幽默感。并且觉得上帝本来就准许某些人得到较多的东西，他必定是怕那些美好的本质，若是流到其他人的手里，会被糟蹋。

我一直相信小胖之所以有优异的禀赋，是因为她配得上的缘故。我也确信，我们之所以能成为好朋友，是因为她的温良，而不是由于我。

那时候，她是六号，我是七号，我们的座位是如此紧挨着，逐渐地，我们的情感也彼此挨近了。当时，没有宿舍，我们都带便当，往往到十一点钟就忍不住要取一点来充饥了，但她的食量极小，每次总央求我替她吃一块卤蛋或几块豆腐干，我很庆幸自己一直有很好的食欲，能够一直接受她善意的馈赠。

有时她也尝尝我便当盒中的鱼片或是素鸡，我们彼此以"酒肉朋友"戏呼对方，往往把局外人搞得莫名其妙。她的家住在台中，每次归家，她总会带回一盒凤梨酥给大家享用，我因为是她的"酒肉朋友"，总比别人多分到几块。

我们两个人有一个共同的毛病，就是反应太过灵敏，每次教授的笑话还没讲一半，我们的笑声就忍不住迸了出来，好在我们总是一起笑，还不至于被视为怪物。

两年后，我们的座位分开了，每次一想笑就得制止住，两个人远远地递个眼色就算了。

我们都不用功，一聊起天来就失去了时间观念，有时候话说完了，两个人相对而视也觉得很有趣。

有一次，读了李白的诗，就彼此以"相看两不厌，只有敬亭山"打趣。后来又有一次，我们一起去看一位教授，教授对她说："如果晓风是男孩子，你嫁给她倒是很般配的。"

"我一直很安于做女孩子，"我对教授说，"不过如果做男孩子而又能娶到这样的太太，我倒很向往。"

当然，我一直没有成为男子，但我们的友谊仍在平静中进行着,那种境界,我总自信比之爱情是毫不逊色的,谁能说澄清的湖水比不上澎湃的汪洋,又有谁能说清冽的香片比不上浓郁的咖啡呢?

她常常做出许多很洒脱的事,颇有点侠士的意味,让我们又诧异,又好笑,却又不得不佩服她的鬼脑筋——我就是喜欢这种作风,就好像我喜欢读一些跌宕生姿的古文一样。

有一次,是冬天,她刚搬入宿舍不久,那天晚上她从外面回来,便径入我的寝室,我很少看到她那样美丽,她头上扎着丝巾,身上是一件奶油色的风衣,脚下则是一双高跟鞋。

"去赴约会吗?难得这副打扮。"

"去买红豆汤,"她把提盒递给我看,"我们寝室里住着几个饿殍呢,我只好去买点东西来救灾。"

"那又何必如此盛装呢?"

"盛装吗?"她大笑起来,把丝巾和风衣取了,立刻,一个寝室都笑倒了,原来丝巾底下包的是她缠满发卷的头发,风衣里面则是一袭睡衣——裤脚管是卷起来的。

当然,她并不是常常戏谑的,唯其因为她经常守着严正的轨迹,所以更见她恶作剧的趣味。我喜欢和她谈到庄严的事,那使我感到她同时是我的良师和益友。

我永远不会忘记那天晚上,她坐在我的床沿上,当夜色渐渐深沉,我们的题目也愈谈愈深:"我只有一次,被一个故事感动哭了,是我姐讲给我听的,那天竟然完全控制不住。"她的声音很低,像是直接从心脏里面发出来的——没有经过喉管和舌头。

"告诉我那个故事吧！"

"我要告诉你的。"她望着我，目光深沉，"我姐姐有一个同学，一个很好的女孩子，她一面读书，一面做事，她的母亲是个没知没识的女人，她全家几乎都是靠她撑着，后来她考取了留美，到外去辞行，她母亲总跟着她，当她女儿和别人谈话的时候，她总带着近乎崇敬的意味呆呆地看着她，直到上船的那一天，她把女儿送到船上，当汽笛起鸣的时候，那妇人忽然抖着双臂哭喊道："妈妈跟你讲的话你记不记得呀……""

不知为什么，我也忍不住哭了。

"你怎么了？"她问我，但她自己也在抹眼睛。

"我忍不住，真奇怪，这样平淡的故事我也忍不住。"

黑暗里我们相对垂泪，之后我们又为自己的脆弱感到很腼腆，我们曾把这故事告诉几个别的同学，他们却似乎毫无所动。

毕业考的前一周是我们最用功的阶段，我们两个经常一起开夜车，但多半时候刚过十二点钟就困得像醉鬼一样，相扶着回寝室睡觉了。毕业考过后，我们又忙着办各种典礼中的行头，每天不是我试衣服给她看，就是她试鞋子给我看，许多低年级的同学一边凑热闹，兴奋得不得了，她们看到的只是漂亮的白旗袍，只是精工的披肩与手套，只是耀眼的耳环与项链，只是新颖的鞋子与皮包，她们何尝看到我们心里的伤感，心里的忧戚，心里的怅惘以及心里的茫然？

记得那是毕业典礼的前一天晚上,一切该办的都办齐了,寝室里的灯也熄灭了,我坐在她的上层铺位上,两个人居然一点睡意也没有。

"我总觉得我们才刚混熟,"她说,"就要分手了。"

我不敢接腔,怕把谈话带到一种更凄凉的意味中。可是我们的沉默却仍是凄凉的。唉,人和人之间的缘分竟是这样薄吗?

第二天早晨,她修饰得很美,其实二年级以后她的体重就直线下降,许多后期的同学竟不知道为何她会被称为小胖,她以内在的美烘托着外形的美,使她看起来焕发极了。那天,她在掌声中走上台去代表全系的毕业生接受文凭,如果不是限于会场中的秩序,我想我会跳起来握住她的手,祝贺她得到优异的毕业成绩。但转念之间我又觉得该祝贺她的并不是在毕业的一刹那,而是四年中的每一个日子——因为她每天都是一个打胜仗的战士,而所祝贺于她的也不仅仅是学业上的成功——更是她整个为人处世的成功。

毕业后我常和她通信,我称她为"菊如女史",她也称我的号,并且加上"词长",与她通信和与她谈话有同样的乐趣,她永远知道怎样使自己和别人的生活都轻松愉快。

不久,她找到一份很理想的工作,离家近,待遇也好,我相信她会做得很称职。其实,与其说她得到工作很幸运,不如说那工作得到她很幸运,她天生是一撮盐,能使整个环境因而变得有滋味。

后来，我的工作也固定了，是留在原校服务，我很兴奋地告诉三个最知己的朋友——小胖是其中的一个。我们都开始进入办公室的生活，我感到又惶恐又怯惧，不知该如何做。我一直遗憾的是她只住过一年宿舍，否则我必会从她那儿多感染一点美好的德行，使我的人生更饱满、更圆熟。但如今，我感到自己像一只乡下老鼠，乍然跑到城市里去，被红灯、绿灯、斑马线以及棋盘式的街道弄晕了，我只有继续给她写信，盼望她能给我一点指引。

有一天晚上，丹到我的寝室来。

"今天晚上我听见别人在讨论你。"

"哦？"

"有一点不妙呢！"

"是吗？"我放下笔。

"他们说，你很骄傲，"她有一点激动，"又说你对人很凶，一点不徇情面，说话总是恶声恶气的，是真的吗？"

"你想是真的吗？"

"他们说，曾经看过你把毛衣披在肩上——不像个学中文的。"

"他们还说，某一篇文章是你写的——里面尽是贬人的话。"

"哦？我自己还不晓得我曾写过呢！"

"他们还说，说你好像很会用手腕儿，你所有的成就都是靠耍手法弄来的……"

我没有什么反应，我平静的程度让我自己都有点惊奇。

"我自己知道我的路，"我对丹说，"我走的是正路，还是邪路，那是人人都可以看得到的，我的心很平和，我不打算知道是哪些人，也不想和他们争辩。"

"你真的不生气吗？"丹终于叫了起来，"害我还替你生气呢。我告诉你吧，他们还说，说你一得到职位就写信告诉小胖，他们说你是故意向她示威，向她炫耀……"

"什么，他们为什么想得这么卑鄙？"

这一次我生气了，我能忍受别人对我的污蔑，但他们凭什么要糟蹋我们的友谊呢？我是个沉不住气的人，第二天我就写信告诉我可敬的朋友，当我把信投入邮筒，空泛的心中便响起一位教授讲过的话。他说："处在今天的时代里，我们何啻是举目无亲呢？我们简直是举目皆敌啊！"

我永远记得他眼神中苍老而凄凉的意味，而此刻，我虽未老去，却已感染到那份凄凉了。那几天我一直在焦灼与痛苦中等着她的回信。她的信很快就回来了，我在寒冷的寝室中展读它，风雨把玻璃敲得很响，但我仿佛听到她亲切温润的声音，从风雨那边传过来，并且压过了风雨：

晓风：上次来信问我读书和做人的心得，我想了很久，书，近来很少读，似乎无心得可言。谈到做人我就不得不改变以往对读书头痛的偏见。的确，以前我们一直幼稚地以为读书是世界上最痛苦的事，而今初入社会，无辜的我们竟也被卷入了是非圈，对于这些我已有足够的容忍量。诚如你说，自古以

你好吗

来谁能不遭毁谤，至于别人所说关于你我之间的闲言，我还是从你处得知的，但愿我们都置若罔闻，就让它自生自灭吧！

人之相知，贵相知心，我们的友谊早已在四年前的便当上奠了深厚的基础（一笑），如今岂能被宵小谗言破坏于一旦？不要再为这些恼火了。

何时做台中之行，一定准备麻油鸡以飨远方人……

我低下头，心中好像有一万种复杂的情感需要表达，却又好像不再具有一缕累人的思绪了。啊！为什么我这样低估她的友谊呢？让所有的人误会我吧，她是了解我的，我还需要什么呢？她是了解我的，我感到一种甜蜜，一种骄傲，一种恬远的自足。

偶低首，我看见她送给我的蝶形别针，正扣在襟上，我的心也禁不住地欢然鼓翼了。

其实，她友谊的本身就是最美的馈赠，它将永远罩在我的头上，像远古的世纪里，戴在圣徒头上的光环。又像在漆黑的冬月之夜里，缭绕在土星四围的光环。

啊，小胖，小胖，多么盼望在睡梦中也能化为蝴蝶，在这般风雨的夜里，去探探我久违的故人。

火中取莲

命运，你要给我沙砾吗？好，我就报之以珍珠。命运陷我于窑火吗？我就偏偏生出火中莲花。

认识孙超这人，会使人有个冲动——老想给他写传记，因为太精彩。其实说传记还不太对，传记嫌平面，孙超的生平适合编成话本，有说有唱有板有眼一路演绎下去（或演义下去），这，先从三代前说起吧。

轰然一声，三进大屋的第一进炸成平地。

接着，第二进也倒了。

那是中日战争的年代，地点则在自古以来一直和"战争"连在一起的徐州城。

一家人都逃光了，只剩下一位老妇人不动如山，端坐在第三进堂屋里。有个日本军人直走坦为，看见她怡然自若地抽着水烟袋，啪嗒——啪嗒——，她是这所屋子的主人，一向就是。现在屋子虽炸了，但主人还是主人。她不打算站起身来。

日本军人心虚了,他恭恭敬敬地放了一些东西在桌上,是罐头,沦陷区最实惠的礼物。老妇人用大袖一拂,所有的罐头砰砰然全落在地上。

依照当时军人的气焰,此刻洗劫全家,亦无不可,但那军人走开了,走到藏书的地方,拿了几本书就走了。

那老妇人是孙超的奶奶。

她把全家人赶走,说:"逃得愈远愈好。"可是她自己却留了下来,只凭一口气,跟整个日本军比强。逃难的孙超和母亲冲散了,母亲被炸死,父亲也回了老家。开始自己流浪的那一年,他八岁。等胜利还乡,他十六岁,在徐州女师附小读了两年半,又开始第二次飘徙,平生最拿得出手的资历,大约就是流浪吧!

"绝不拿别人的东西!"

从小离家,但从来没遭过人白眼,只因家里规矩大,教得严,看到别人有好东西,规定先把手背到背后才准看,绝对不去碰一下。这简单而彻底的训练使孙超成为一介不取的人。而且,日后艺术上也一空依傍,绝不捡现成的便宜,他永远只取属于自己的东西。

出来的时候是当兵,难的是二十年刻板严苛的军旅生活适应。那些年最大的慰藉就是读书,读极硬的书。

记得有一本书——罗光著的《中国哲学史》,定价40元,当年他的月薪18元,他便去替人打毛衣(奇怪,一个大男人竟会织毛衣),三个月之后才存够买书的钱。

叁 癫者

有一年，岁暮，有位中学老师邀他到家里吃饭。他从清泉岗出发到台中市赴宴。绕着主人的屋子走了好几圈，伸出的手几度缩回，竟不敢摁铃，篱内的温暖家居图，不是这身二尺半可以撞进去的吧？严重的自尊心和自卑感交战后，他终于爽约了。

回部队的车子晚上才有，他竟不知该去哪里。逛着逛着，他很自然地走进书店，老板娘站近他，眼睛盯着他不放，她怀疑这年轻的大兵是来偷书的，她的疑虑不算太错，他的确没钱买书，只因店里有光，书里有知识的闸门，而当晚他无处可去。出身于有钱有势有根底的家庭，几度受过这种侮辱，他夺门而出。

去哪里呢？无非是另一家书店。

第二家书店是客家人开的，他们暗暗地用以为别人听不懂的客家话说："那个兵，看样子要偷书。"他惊怒欲绝，放回书，冲出店门，把自己投身在十二月的冷风中。

总不能再到第三家书店去受凌辱吧？他踉跄在华灯四射的小城里。

忽然，他听到歌声，前面是一座教堂，门口站着一个外国牧师，红润的脸，亲和的微笑，看到这个年轻的兵，他恭恭敬敬地鞠了一个躬，伸手说：

"请进。"

他走了进去，诗班正唱着巴哈的《弥撒曲》，他忽然大恸，跪倒圣坛前，泪如雨下，再也站不起来。做礼拜的人陆续离去,他仍跪在那里哭,善解人意的牧师远远地站着,等他哭,所有的人都走光了,但一腔委屈和压抑的泪却是流不完的啊!牧师耐心地等着,他走的时候,牧师和他握手,说:"下回再来。"

曾经,在战时,炸弹炸死前前后后的人,他却幸运地捡回了自己的生命。

而这一个圣诞夜,在一颗心几乎被痛苦扼杀之际,一个微笑,一声请进,使他及时重新觅得自己的心,这番惊险,其实也等于捡得一命啊!

"那一刹那,我只有一个感觉,我这才又是'人'了。我重新有了人的尊严。"他没有再去教堂,但宗教的柔和宽敞在他的创作里如泉源般一一涌现。

退役后,拿了七千元。

做什么好呢?真正想做的是念书,但钱不够,他跑到三张犁养鸡,通过"鸡生蛋,蛋生鸡"的原理,他希望为自己筹得"三万元教育基金"放在银行,每月拿三百元利息省吃俭用,也就可以念书了。

他忘了一件事,养鸡可以赚钱,却也可以赔钱,他不幸属于后者。

为了投考艺专,仅读了两年半书而没有报考资格的他,只好制造假证件。他用肥皂,自己刻印,他这件罕见的罪行被识破,主事人一眼看穿,是上天见怜吧,那人拿起笔来批了几个字:"姑念该生,有志向学,准予报名。"他欣喜若狂,捧着

叁 癫者

批示，心里想：

"我不是违法的了，我现在是合法的了！"

大专联考后不久，他到摊儿上吃了碗阳春面，然后，就真正地一文不名了。他去找赵老师说明理由。

"赵老师，我没钱了……"

"没钱？哈哈，"赵老师朗声大笑，"没钱，那算啥？"

天气热，他把席子铺在地上，两人聊天：

"孙超，你说没钱，我来问你，你卖过血没有？"

"卖血？没有。"

"哈哈，连血也没卖过，那还不叫真没钱呢！"

赵老师为他找了工读的机会，但使他真正受益而不能忘的还是那不在乎的豪气：

"哈哈，没钱？没钱算个啥！"

果真，那个当年离开面摊儿后就一文不剩的退役兵便这样活了过来。

二十多年后，坐在淡水三芝乡的小山头上占地330平方米的房子里和你说这番话，等于同时让你看"预言"以及"预言的印证"。在部队的那段日子，他学了两项绝活：其一是射击，其二是针灸，两者都是准确精密的艺术。这两项本事也让他获益不少，作为"神射手"，他刻板的军旅生活稍获一些弹性特权，让他有一点点余裕来做"自己"。第二项本领让他因而认识了后来的妻子。

孙超似乎是一个对准确、精密着迷的人，在这世上的百行百业里，如果有什么是比陶艺家更适合他当的，那就是"圣贤"这一行了。两者都是讲究唯精唯一的事业。迷上结晶釉以后，他守在窑门口，竟像圣贤守住一颗心似的慎重，虽然窑外有仪器表，窑内有探测，但都不是最精准的办法，最精准的办法还是靠目测。

有一次，看得忘形，竟致瓦斯中毒，他高烧到41℃，在医院躺了两个礼拜。等身体好了，他依然时时刻刻去看窑，只是改良通风设备，并且加买了防毒面具和眼睛的防护镜。

有一次和朋友聊天，无意中打听另一位朋友的近况。

"他呀，他不成的，上帝不帮他的忙。"朋友是四川人，口才极好。

"为什么？"孙超一向实心眼，不知一个人为什么遭天遗弃。

"因为他变来变去嘛——结果上帝也搞不清楚他要干啥子！"

朋友说的只是一句笑话。他听了，却如受棒喝，一个人如不能本分务实，今天东明天西，连上帝也弄糊涂了，要帮也无从帮起！

他于是更专心地守住他的窑，以及心爱结晶釉。

第一次碰陶，是因为工作需要（在艺专读书选的是雕塑，而陶艺只是美工科的专利），他在故宫博物院的科技室，和宋龙飞先生一起兴致勃勃地去做黑陶、彩陶……买了许多书，累积了许多资料，对于陶瓷这种"窑门没打开之前，完全不敢肯定"的刁钻性格，他深深折服了。面对艺术加科学的双重难题，他变得斗志昂扬。生平喜欢困难的东西，像二十岁的时候，读胡适的《古代哲学史》，便是一场硬战。自己没有基础，没有时间，更没有老师，唯一的信念是反正中国字是认识的，人家写都写出来了，我难道看也看不懂吗？于是把书塞在口袋里，演习或训练途中停车的时候就拿出来看，看不懂就查字典，一本书看了半年，总算生吞活剥咽下去了，懂不懂不敢说，但至少以后看类似的书就不再觉得困难了。

醉心于寻根究底，醉心于百分之百地投入，日子本来也就这样过下去了，不料有一天忽然后山山崩，整个科技室都埋在土里，他拨开水泥砸碎后的屋顶钢筋爬了出来，他再次捡回了一条命。所有精心收藏的书，所有曾经爱恋的资料全埋掉了，三个助手也死了，他还记得一位助手在里面急急哀哀地叫着："孙先生啊！孙先生啊！快啊！"

生命原来是如此脆弱，如此不堪一击啊！经此一劫，他决心要做最无情的割舍，把其他都抛开，只专心致志去弄结晶釉吧！

日本人有时把陶瓷艺术叫成"炎艺术"，让人看了不免一惊。世上的艺术，有些真的是要经千度的火来煅、万分的情来炼，才能成形的啊！

陶瓷艺术就是这一种。陶是奇怪的东西，既可以是小儿无心的玩捏，也可以是一生探之不尽的大学问。看来人也是大化或工或拙的塑品吧？否则为什么人也是如此单纯又如此复杂呢？为什么人也是探针指测不明，形制规范不尽，釉彩淋漓不定的一种艺术？人本身也是一种成于水、成于火，且复受煎熬于火的成品吧？

艺术理论上有人颇以为作品因个人的境遇而有悲喜，其实这话只说对了一半。莫里哀一生穷困潦倒，最后死在舞台上，却是喜剧圣手。莫扎特贫病交加，英年早逝，其乐章却华美流畅，如天际朝霞，花溪春水，浑然不知人间有忧愁。

有的人是奇怪的战士，受创愈重，流血愈多，他愈刻意掩藏怆痛，只让你看，也只许你看他的微笑。孙超似乎也是这种人，看到他的结晶釉，清澈美丽，透明处似雪，艳异时似紫水晶原矿，令人想起云母，想起冰河，想起匀整的细胞切片图。我虽因性情所趋，一向比较偏好质朴无华之美，也不得不承认孙超所经营的精致无瑕的艺术，这种精纯唯美，几乎可以解释为一种赌气。

命运，你要给我沙砾吗？好，我就报之以珍珠。命运陷我于窑火吗？我就偏偏生出火中莲花。一只陶皿，是大悲痛、大磨难、大创痕之余的定慧。那些一度经火的器皿，此刻已凉如古玉，婉似霜花。经过火——但不要让你看到烟熏火燎之气，经过火——但只容别人看到沉静收剑的光华。

我说到哪里了？是孙超的半生，还是他的火中取莲的结晶釉？我自己也弄不分明了。

叁
癫者
○
·

不能被增加的人

原来这世界上有一种人,你简直无法用任何东西来增加他,他自己已是一个完美的宇宙。

我打算送一件礼物给一位牧师的时候,才忽然发现,原来这世界上有一种人,你简直无法用任何东西来增加他,他自己已是一个完美的宇宙。

也许我可以学别人,把猪肉干、牛肉干之类的东西当成土特产送给他,但我知道,对于一个忙碌的、席不暇暖的人,他不可能有时间坐下来嚼零食。

如果我送他衬衫或领带夹、袖扣之类的东西,他也不会记得装扮自己的。他的一副眼镜架已经用了十年,松得挂在鼻翼上,仍然不肯换,他却说:"何必呢?都成了老朋友,已经有感情了!"

送给他一些小东西放在壁炉架上呢?他在选择做牧师的那一天就已经告别了沙发椅,而且他没有壁炉。

你好吗

  送他一点奢侈品呢？他的教区住着一些贫穷的人，他在他们中间，过着最简朴的日子。生活里的一些小物件对他而言未必有意义，他是一个经常忘记自己的人——他需要别人反复提醒，才会意识到自己的存在，他自己是不在他照顾的范围之内的。

  也许，我可以送他一本书，但对一个已经拥抱了这个世界的人来说，还有什么书可以增加他的智慧，还有什么知识可以提升他的价值？

  原来这世界上有一种人，你简直无法用任何东西来增加他，他自己已是一个完美的宇宙。

叁 癫者

沙虱

笑什么,你们以为只有小孩和探险家才会乱下结论吗?在学术界的专家和学者就不会闹这种笑话吗?而你们这些被专家和学者的资料喂大的学生,难道就不会吃下错误的资料吗?小心啊,至少要有点常识,好吗?

塔克拉玛干大沙漠又称"死亡之海",号称"有进无出"的绝域。

七年前,一队澳大利亚人前去探险,雇了一些本地人料理杂务。由于人员众多,必须雇骆驼运补给品,而骆驼雇多了,又必须再雇骆驼专拉骆驼的粮食。一切安排妥当,终于上路。

大沙漠的可怕不在于狮虎熊罴出没,而在于千里万里寸草不生。

走着走着,这一天,有人在明晃晃的大太阳下清清楚楚地看到沙地上有一只虱子在爬。哇!不得了!快乐的探险家简直要落泪了,他们立刻七手八脚地拍摄照片,打算立此为证。想想看,人类史上首次在绝域中发现生物的就是他们啊!

拍完了所有角度的照片，他们又打算把虱子带回去做标本。这时候，拉骆驼的人说话了："干吗呢？这些人怎么对这只虱子那么热心？"

翻译人员向拉骆驼的人解释："一向都说塔克拉玛干大沙漠绝无生物，可是我们就在这沙地上发现了一只，这当然是破天荒的啦！"

不料拉骆驼的人哈哈大笑起来："哎呀！这不算什么，这是我家骆驼身上掉的虱子呀！骆驼走着走着，虱子掉到沙子上来了，就是这么回事！"

探险队的人一时都愣住了，前一秒钟的美梦此刻全破灭。

探险家只犯了一个错：他们看到了"此刻"虱子在沙地上爬，没有看到"刚才"它还在骆驼身上爬。

每每讲完这个故事，学生都很捧场地大笑，我也每每乘胜追击：

"笑什么，你们以为只有小孩和探险家才会乱下结论吗？在学术界的专家和学者就不会闹这种笑话吗？而你们这些被专家和学者的资料喂大的学生，难道就不会吃下错误的资料吗？小心啊，至少要有点常识，好吗？"

劫后

有一天，当许多许多年之后，或许在一个多萤的夏夜，或许在一个炉火半温的冬天黄昏，我们会再提起艾尔西和芙劳西，会提起那交加的风灾雨劫，但我们会欢欣地复述，不以它为祸，只以它为一则奇妙耐听的老故事。

那天早上大概是被白云照醒的，我想。云影一片接一片地从窗前扬帆而过，带着秋阳的那份特殊的耀眼。

阳光是真的出现了，阳光差不多可以嗅出来——在那么长久的风雨和阴晦之后。我没有带伞便走了出去，澄碧的天空值得信任。

琉公圳的水退了，两岸的垂柳仍黏惹着黯淡的黑泥，那一夜它们必然曾经浸在泥泞的大水中。还有那些草，不知它们那一夜曾以怎样的荏弱去抗拒怎样的坚强。我只知道——凭着今天的阳光我知道——有一天，柳丝仍将毿毿如金，芳草将仍萋萋胜碧，生命永不会被击倒。

有些孩子，赤着脚在退去的水中嬉玩儿，手里还捏着刚捉到的泥腥的小鱼，欢乐仍在，游戏仍在，贫困中自足的怡情仍在。

巷子里，巷子外，快活的工人爬在屋顶和墙头上。调水泥的声音，砌砖块的声音，钉木桩的声音，那么协调地响在发亮的秋风中。受创的记忆忽然间变得很遥远，眼前只有音乐——这灾劫之后美丽的重建之声。于是便想起战争，想起使人类恐惧了很久却未出现的战争。忽然觉得并没有什么可怕，如果在那时只剩下一对男女，他们仍将削木为梳，裁叶为衣，并且举火为炊，生活的弦将永不辍断。

局促的瓦屋前，人人将团花的旧被撑在椅子上。微温的阳光下，那俗艳的花朵竟也出奇地动人。今夜，松香的软褥上，将升起许多安恬的梦。今夜将无风，今夜将无雨，今夜是可预料的甜蜜。

菜场里再度熙攘起来，提着篮子的主妇愉快地穿梭着，并且重新有了还价的兴致。我第一次发现满筐的鸡蛋看起来竟然那么圆润可爱。那微赤带褐的洛岛红，那晶莹欲穿的来亨蛋，都像是赢来的珠宝，被放在显眼的位置上，炫耀它们所代表的胜利——在十一级的台风之后，在十二级的水之后。

阁楼的琴声在久久的沉寂后终于响起，那既不成熟又不动听的旋律却令人几乎垂泪。在灾变之后，我忽然关心起那弹琴的小女孩，想她必然也曾惊悸过，哭泣过。而此刻，她的琴声里重新响起稳定而幸福的感觉，像一阕安眠曲，平复了日间的忧伤。

简单的琴声里,我似乎渐渐能看见那些山石下的死者,那些波涛中的生者,一刹那间,他们仿佛都成了我的弟兄。我与那些素未谋面的受难者同受苦难,我与那些饥寒的人一同饥寒。有时候,我甚至能亲切地想到几万年前的古人,在那个落地玻璃被吹破,黑暗中榉木地板上流着雨水的夜里,我便那么确实地感到他们的战栗,以及他们的不屈。

我第一次稍稍了解那些在矿灾之后地震之余的手足。我第一次感到他们的眼泪在我的眼眶中流转,我第一次感到他们的悲哀在我的血管中翻腾。

于是学会了为阳光感谢——因为阴晦并非不可能;学会了为平静而索然无味的日子感谢——因为风暴并非不可能;学会了为粗食淡饭感谢——因为饥饿并非不可能;甚至学会了为一张狰狞的面目感谢——因为有一天,我们中间不知谁便要失去这十分脆弱的肉体。

并且,那么容易地便了解了每一件不如意的事,似乎原来都可以更不如意。而每一件平凡的事,都是出于一种意外的幸运。日光本来并不是我们所应得的,月光也未曾向我们索取过户税。还有那些焕然一天的星斗,那些灼热四季的玫瑰,都没有服役于我们的义务。只因我们已习惯于它们的存在,竟习惯得不再激动,不再觉得活着是一种恩惠,不再存着感戴和敬畏。但在风雨之后,一切都被重新思索,这才忽然惊喜地发现,一年之中竟有那么多美好的日子——每一天,都是一个欢欣的感恩节。

有一天，当许多许多年之后，或许在一个多萤的夏夜，或许在一个炉火半温的冬天黄昏，我们会再提起艾尔西和芙劳西，会提起那交加的风灾雨劫，但我们会欢欣地复述，不以它为祸，只以它为一则奇妙耐听的老故事。

我们将淡忘那些损失，我们不复记忆那些恐惧。我们只将想到那停电的夜里，家人共围着一支小红烛的美好画面。我们将清晰地记起在四方风雨中，紧拥着一个哭泣的孩童，并且使他安然入睡的感觉，那时候那孩子或许已是父亲。我们更将记得灾劫之后的阳光，那样好得无以复加地落在受难者的门楣上。

肆 尘缘

爱我少一点，去爱一首歌好吗？因为那旋律是我；去爱一幅画，因为那流溢的色彩是我；去爱一方印章，我深信那老拙的刻痕是我……

尘缘

> **而** 我的父亲呢?父亲也被归回到什么地方去了吗?那曾经剑眉星目的英武男子,如今安在?我所挽留不住的,只能任由永恒取回。而我,我是那因为一度拥有贝壳而聆听了整个海潮音的小孩。

一

大约两岁吧,那时的我。父亲中午回家吃完饭,又要匆匆赶回办公室去。我不依,抓住他宽宽的军腰带不让他系上,说:"你系上这个就是要走了,我不要!"我抱住他的腿不让他走。

那个年代的军人军纪如山,他一把抢回了腰带,还打了我——这事我当然不记得了,是父亲自己事后多次提起,我才印象深刻。

父亲每提及此事,总露出一副深悔的样子。我有时想,挨那一顿打也真划得来啊,父亲因而将此事记了一辈子,悔了一辈子。

"后来,我就舍不得打你了,就那一次。"他说。

那时,两岁的我不想和父亲分别。半个世纪之后,我依然耍赖,依然想抓住什么留住父亲,依然对上帝说:

"把爸爸留给我吧!留给我吧!"

然而上帝没有允许我的强留。

当年小小的我不知道自己为什么留不住爸爸,半个世纪后,我仍然不明白父亲为什么非走不可。当年的我知道他系上腰带就会走,现在的我知道他不思饮食、记忆涣散便也是要走。然而,我却一无长策,眼睁睁地看着老迈的他杳然而逝。

二

记忆中,父亲总是带我去田间散步,教我阅读名叫"自然"的这部书。他指给我看螳螂的卵,他带回被寄生蜂下过蛋的蛹。后来有一次,我和五阿姨去散步,3岁的我偏头问阿姨道:

"你看,菜叶子上都是洞,是怎么来的?"

"虫吃的。"阿姨当时是大学生。

"那虫在哪里?"

阿姨答不上来,我拍手大乐。

"哼,虫变成蛾子飞跑了,你都不知道!"

我对生物的最初惊艳,来自父亲,我为此感激终生。

然而父亲自己蜕化而去的时候,我却痛哭不依。他化蝶远扬,我却总不能相信这种事竟然发生了,那么英武而强壮的父亲,谁把他偷走了?

三

父亲91岁那年,我带他回故乡。距离他上一次回乡,隔了59年。

"你不是'带'爸爸回去,是'陪'爸爸回去。"我的朋友纠正我。

"可是,我的情况是真的需要'带'他回去。"

我们用轮椅把他推上飞机,推入旅馆,推进火车。火车离开南京城后不久,就到了滁州。我起先吓了一跳,"滁州"这个地方好像应该好好待在欧阳修的《醉翁亭记》里,怎么真的有个滁州在这里?我一路问父亲,现在是哪一站了,他一一说给我听,我问他下一站的站名,他也能回答上来。奇怪,平日颠三倒四的父亲,连刚吃过午饭都会旋即忘了又要求母亲开饭,怎么一到了滁州城附近就如此凡事历历分明起来?

"姑母在哪里?"

"褚兰。"

"外婆呢?"

"宝光寺。"

其他亲戚的居处他也都了如指掌,这是他魂牵梦绕的所在吧?

年轻时的父亲在徐州城里念师范,每次放假回家,便帮忙做农活。想到这里,我心里有了一份踏实,觉得在茫茫大地上,曾有某一块田是父亲亲手料理过的,我因而觉得一份甜蜜安详。

父亲回乡,许多杂务都是一位叫安营的表哥打点的,包括租车和食宿的安排。安营表哥的名字很特别,据说那年有军队过境,在村边安营,表哥就叫了这个名字。

"这位是谁你认识吗?"我问父亲。

"不认识。"

"他就是安营呀!"

"安营?"父亲茫然,"安营怎么长这么大了?"

这组简单的对话,一天要说上好几次,然而父亲总是不能承认面前此人就是安营。上一次,父亲回家见他,他才一岁,而今他已是儿孙满堂的60岁老人了。去家离乡59年,父亲的迷糊我不忍心用"老年痴呆"来解释。两天前我在飞机上见父亲在读英文报,便指些单词问他,我惊讶于他一一回答正确,奇怪啊,父亲到底记得什么,又到底不记得什么呢?

我们到田塍边拜谒祖父母的坟,爸爸忽然说:

"我们回家去吧!"

"家?家在哪里?"我故意问他。

"家,家在屏东呀!"

我一惊,这一生不忘老家的人其实是以屏东为家的。屏东,那永恒的阳光的城垣。

家族中走出一位老妇人,是父亲的二堂婶,是所有家人中最老的,93岁了,腰杆笔直,小脚走得踏实快速。她看了父亲一眼,用乡下人简单而大声的语言宣布:

"他迁了!"

乡人说的"迁",就是"老年痴呆"的意思,我的眼泪立刻涌出来，我一直刻意闪避的字眼，这老妇人竟直截了当地道了出来，如此清晰而残忍。

我开始明白"父母在"和"父母健在"是不同的，但我仍依恋不舍。

四

幼小的时候，父亲不断告别我们，及至我17岁读大学，便是我告别他了。我现在才知道，虽然我们共度了半个世纪，我们仍算父女缘薄！这些年，我每次回屏东看他，他总说："你是有演讲，顺便回来的吗？"

我总"嗯哼"一声带过去。我心里想说的是，爸爸啊，我不是因为要演讲才顺便来看你的，我是因为要看你才顺便答应演讲的啊！然而我不能说，他只容我"顺便"看他，他不要我为他担心。

有一年中秋节，母亲去马来西亚探望妹妹，父亲一人在家，我不放心，特意南下去陪他，他站在玄关处骂起我来："跟你说不用回来，你怎么又跑回来了？回去的车票买不到怎么办？叫你别回来，不听！"

我有点不知所措，中秋节，我丢下丈夫、孩子来陪他，他反而骂我。但愣了几秒钟后，我忽然明白了，这个铮铮的北方汉子，他受不了柔情，他不能忍受让自己接受爱宠，他只好骂我。于是我笑笑，不理他，且去动手做菜。

父亲对母亲也少见浪漫镜头，但有一次，他把我叫到一边，说："你们姐妹也太不懂事了！你妈快70岁的人了，她每次去台北，你们就这个要5包凉面，那个要一只盐水鸭，她哪里提得动？"

母亲比父亲小11岁，我们一直都觉得她是年轻的那一个，我们忘记了她也在老。又由于想念屏东眷村老家，每次就想要点美食来解乡愁，只有父亲看到母亲已不堪提携重物。

由于父亲是军人，而我们子女都不是，没有人知道他在他那行算怎样一个人物。连他得过的两枚勋章，我们也弄不清楚相当于多大的战绩。但我读大学时有一次站在公交车上，听几个坐在我前面的军人谈论陆军步兵学校的事，不觉留意。父亲曾任步兵学校的教育长、副校长，有一阵子还代理校长。我听他们说着说着就提到父亲，我的心跳起来，不知他们会说出什么话来。只听一个说："他这人是个好人。"

又一个说："学问也好。"

我心中一时激动不已，能在他人口中认识自己父亲的好，真是幸运。又有一次，我和丈夫、孩子到鹭鸶潭去玩儿，晚上便宿在山间。山中有几间茅屋，是一些老兵盖来做生意的，我把身份证拿去登记，老兵便叫了起来："呀，你是张家闲的女儿。副校长是我们的老长官了，副校长道德学问都好。这房钱，不能收了。"

我当然也不想占几个老兵的便宜，几经推让，打了折扣收钱。其实他们不知道，我真正受惠的不是那一点折扣，而是从别人眼中看到的父亲正直崇高的形象。

五

89岁,父亲做白内障手术,打了麻药还没有推入手术室,我找些话跟他说,免得他太快睡着。

"爸爸,杜甫,你知道吗?"

"知道。"

"杜甫的诗你知道吗?"

"杜甫的诗那么多,你说哪一首啊?"

"《兵车行》,'车辚辚'下面是什么?"

"马萧萧。"

"再下面呢?"

"行人弓箭各在腰。爷娘妻子走相送,尘埃不见咸阳桥。牵衣顿足拦道哭,哭声直上云霄……"

我的泪直滚滚地落下来,不知为什么,透过一千多年前的语言,我们反而狭路相逢。

人间的悲伤,无非是生离和死别,战争是生离和死别的原因,但衰老也是啊!父亲垂老,两目视茫茫,然而,他仍记得那首哀伤的唐诗。父亲一生参与了不少战争,而衰老的战争却是最最艰辛难支的吧?

我开始和父亲平起平坐谈诗,是在初中阶段。父亲一时显得惊喜万分,对于女儿大到可以跟他谈诗的事几乎不能相信。

你好吗

在那段清贫的日子里，谈诗是有实质好处的，母亲每在此时会烙一张面糊饼，切一碟卤豆干，有时甚至还有一瓶黑松汽水。我一面吃喝，一面纵论，也只有父亲容得下我当时的胡言吧？

父亲对诗也不算有什么深入研究，他只是熟读《唐诗三百首》而已。我小时候常见他看的那本，扉页已经泛黄，上面还有他手批的文字。成年后，我忍不住偷来藏着，那是他1941年6月在浙江金华买的，封面用牛皮纸包好。

有一天，我忽然想换掉那老旧的包书纸，不料打开一看，才发现原来这张牛皮纸是一个公文袋，那公文袋是从国防部寄出的，寄给联勤总部副官处处长，那是父亲在南京时的官职，算来是1946、1947年的事了。

父亲走后，我在那层牛皮纸外又包了一层白纸，我只能在千古诗情里去寻觅我遍寻不获的父亲。父亲去时是清晨5时半，终于，所有的管子都被拔掉了，94岁，父亲的脸重归安谧祥和。我把加护病房的窗帘拉开，初日正从灰红的朝霞中腾起，穆穆皇皇，无限庄严。

我有一袋贝壳，是以前旅游时陆续捡的。有一天整理东西，忽然想到它们原是属于海洋的，它们已经暂时陪我一段时光了，一切尘缘总有个了结，于是决定把它们一一放回大海。

而我的父亲呢？父亲也被归回到什么地方去了吗？那曾经剑眉星目的英武男子，如今安在？我所挽留不住的，只能任由永恒取回。而我，我是那因为一度拥有贝壳而聆听了整个海潮音的小孩。

爱我少一点,我请求你

> **爱**我少一点,我请求你,因为你必须留一点柔情去爱你自己。因你爱我,你便不再是你自己,你已是我的一部分,所以,把爱我的爱也分回去爱惜你自己吧!

爱我少一点,我请求你。

有一个秘密,不知道该不该告诉你,其实,我爱的并不是你,当我答应你的时候,我真正的意思是:我愿意和你在一起,一起去爱这个世界,一起去爱人世,并且一起去承受生命之杯。

所以,如果在春日的晴空下你肯痴痴地看一株粉色的"寒绯樱",你已经给了我最美丽的示爱。如果你虔诚地站在池畔看三月雀榕树上的叶苞如何——骄傲专注地等待某一定时定刻的爆放,我已一世感激不尽。你或许不知道,事实上那棵树就是我啊!在春日里急于释放绿叶的我啊!至于我自己,爱我少一点吧!我请求你。

爱我少一点，因为爱使人痴狂，使人颠倒，使我牵挂，我不忍折磨你。如果你一定要爱我，且爱我如清风来水面，不黏不滞。爱我如黄鸟渡青枝，让飞翔的仍去飞翔，扎根的仍去扎根，让两者在一刹那的相逢中自成千古。

爱我少一点，因为"我"并不只住在这160厘米的身高中，并不只容纳于这方趾圆颅内。请在书页中去翻我，那里有缔造我骨血的元素，请到闹市的喧哗纷杂中去寻我，那里有我的哀恸与关怀；并且尝试到送殡的行列里去听我，其间有我的迷惑与哭泣；或者到风最尖啸的山谷，浪最险恶的悬崖，落日最凄艳的草原上去探我，因为那些也正是我的悲怆和叹息。我不只在我这里，我在风我在海我在陆地我在星，你必须少爱我一点，才能去爱那藏在大化中的我。等我一旦烟消云散，你才不致猝然失去我，那时，你仍能在蝉的初吟、月的新圆中找到我。

爱我少一点，去爱一首歌好吗？因为那旋律是我；去爱一幅画，因为那流溢的色彩是我；去爱一方印章，我深信那老拙的刻痕是我；去品尝一坛佳酿，因为坛底的醉意是我；去珍惜一幅编织，那期间的纠结是我；去欣赏舞蹈和书法吧——不管是舞者把自己挥洒成行草篆隶，或是寸管把自己飞舞成腾跃旋挫，那期间的狂喜和收敛都是我。

爱我少一点，我请求你，因为你必须留一点柔情去爱你自己。因你爱我，你便不再是你自己，你已是我的一部分，所以，把爱我的爱也分回去爱惜你自己吧！

听我最柔和的请求，爱我少一点，因为春天总是太短太促太来不及，因为有太多的事等着在这一生去完成去偿还，因此，请提防自己，不要爱我太多，我请求你。

那夜的烛光

那夜,有一个小女孩相信自己像天使;那夜,有一个母亲在淡淡的称许中,制造了一个天使。赞美的力量是巨大的。有时,一句赞美的话,足以改变一个人的一生!

临睡以前,晴晴赤脚站在我面前说:"妈妈,我最喜欢的就是台风。"

我有一点生气。这小捣蛋,简直不知人间疾苦,每刮一次大风,有多少屋顶被掀跑,有多少地方会淹水,铁路被冲断,家庭主妇望着涨价的小白菜生气……而这小女孩却说,她喜欢台风。

"为什么?"我尽力压住性子。

"因为有一次刮台风的时候家里停电了……"

"你是说,你喜欢停电?"

"停电的时候你就去找蜡烛。"

"蜡烛有什么特别的?"我的心渐渐柔和下来。

"我拿着蜡烛在屋里走来走去,你说我看起来像小天使。"

那是多年前的事了吧?我终于在惊讶中静穆下来。她一直记得我的一句话,而且因为喜欢自己在烛光中像天使的那种感觉,她竟附带着也喜欢上台风之夜。

也许,以她的年龄,她对天使是什么也不甚了然,她喜欢的只是我那夜称赞她时郑重而爱宠的语气。一句不经意的赞赏,竟使时光和周围情境都变得值得追忆起来,多可亲可爱的画面啊!

那夜,有一个小女孩相信自己像天使;那夜,有一个母亲在淡淡的称许中,制造了一个天使。赞美的力量是巨大的。有时,一句赞美的话,足以改变一个人的一生!

母亲的羽衣

风睡了,鸟睡了,连夜也睡了。我守在两张小床之间,久久凝视着他们的睡容。

讲完了"牛郎织女"的故事,细看儿子已经垂睫睡去,女儿却犹自瞪着坏坏的眼睛。

忽然,她一把抱紧我的脖子:"妈妈,你说,你是不是仙女变的?"

我一时愣住,只胡乱应道:"你说呢?"

"你说,你说,你一定要说。"她固执地扳住我不放,"你到底是不是仙女变的?"

我是不是仙女变的?——哪一个母亲不是仙女变的?

像故事中的小织女,每一个女孩都曾住在星河之畔,她们织虹纺霓,藏云捉日,她们几曾烦心挂虑?她们是天神最偏怜的小女儿,她们终日临水自照,惊讶于自己美丽的羽衣和美丽的肌肤,她们久久凝视着自己的青春,被那份光华弄得痴然如醉。

而有一天,她的羽衣不见了,她换上了人间的粗布——她已决定做一个母亲。有人说她的羽衣锁在箱子里,她再也不能飞翔了,人们还说,是她丈夫锁上的,钥匙藏在极秘密的地方。

可是,所有的母亲都明白,那仙女根本就知道箱子在哪里,她也知道藏钥匙的所在,在某个无人的时候,她甚至会惆怅地开启箱子,用忧伤的目光抚摸那些柔软的羽毛,她知道,只要羽衣一着身,她就会重新回到云端,可是她把柔软白亮的羽毛拍了又拍,仍然无声无息地盖上箱子,藏好钥匙。是她自己锁住那身昔日的羽衣的。她不能飞了,因为她已不忍飞去。而狡黠的小女儿总是偷窥到那藏在母亲眼中的秘密。

许多年前,那时我自己还是一个小女孩,我总是惊奇地窥视着母亲。她在口琴背上刻了小小的两个字——"静鸥",那里面有什么故事吗?那不是母亲的名字,却是母亲名字的谐音,她也曾梦想过自己是一只静栖的海鸥吗?她不怎么会吹口琴,我甚至想不起她吹过什么好听的歌,但那名字对我而言是母亲神秘的羽衣,她轻轻地写那两个字的时候,她可以立刻变一个人,她在那名字里是另外一个我所不认识的有翅的什么。

母亲晒箱子的时候是她另外一种异常的时刻,母亲似乎有些好东西,完全不是拿来用的,只为放在箱底,按时年年三伏天取出来曝晒。

记忆中母亲晒箱子的时候就是我兴奋欲狂的时候。

母亲晒些什么,我已不记得,记得的是樟木箱又深又沉,像是混沌黝黑初生的宇宙,另外还记得的是阳光下竹竿上富丽夺人的颜色,以及怪异却又严肃的樟脑味儿,以及我在母亲喝噤声中东摸摸、西探探的快乐。

我唯一真正记得的一件东西是幅漂亮的湘绣被面,雪白的缎子上,绣着兔子和翠绿的小白菜,以及红艳欲滴的小杨花萝卜。

全幅上还绣了许多别的令人惊讶赞叹的东西,母亲一面整理,一面会忽然回过头说:"别碰,别碰,等你结婚就送给你。"我小的时候好想结婚,当然也有点害怕。不知为什么,仿佛所有的好东西都是等结婚就自然是我的了,我觉得一下子有那么多好东西也是怪可怕的事。那幅湘绣后来好像不知怎么消失了,我也没有细问。对我而言,那么美丽得不近真实的东西,一旦消失,是一件合理得不能再合理的事。譬如初春的桃花,深秋的红枫,在我看来都是美丽得违规的东西,是茫茫大化一时的错误,才胡乱把那么多的美堆到一种东西上去,不然岂不叫世人都疯了?

湘绣的消失对我而言,简直就是复归大化了。但不能忘记的是母亲打开箱子时那份欣悦自足的表情,她慢慢地看着那幅湘绣,那时我觉得她忽然不属于周遭的世界,那时候她会忘记晚饭,忘记我扎辫子的红绒绳。她的姿势细想起来,实在是仙女依恋着羽衣的姿势,那里有一个前世的记忆,她又快乐又悲哀地将之一一拾起,但是她也知道,她再也不会去拾起往昔了——唯其不会重拾,所以回顾的一刹那特别深情凝重。

除了晒箱子,母亲最爱回顾的是早逝的外公对她的宠爱。有时她胃痛,卧在床上,要我把头枕在她的胃上,她慢慢地说起外公。外公似乎很舍得花钱(当然也因为有钱),总是带她上街去吃点心,她总是告诉我当年的肴肉和汤包怎么好吃,甚至煎得两面黄的炒面和女生宿舍里早晨订的"冰糖"豆浆(母亲总是强调"冰糖"豆浆,因为那是比"砂糖"豆浆更为高贵的),都是超乎我想象力的美味。

我每听她说这些事的时候,都惊讶万分——我无论如何不能把这些事和母亲联想在一起。

我从有记忆起,母亲就是一个吃剩菜的角色,红烧肉和新炒的蔬菜,简直就是理所当然地放在父亲面前的,她自己面前永远是一盘杂拼的剩菜和一碗"擦锅饭"(擦锅饭就是把剩饭在炒完菜的锅中一炒,把锅中的菜汁擦干净了的那种饭),我简直想不出她不吃剩菜的时候是什么样子。而母亲口里的外公、上海、南京、汤包、肴肉全是仙境里的东西,母亲每讲起这些事,总有无限温柔。

她既不感伤,也不怨叹,只是那样平静地诉说着。她并不要把那个世界拉回来,我一直知道这一点,我很安心,我知道下一顿饭她仍然会坐在老地方,吃那盘我们大家都不爱吃的剩菜。而到夜晚,她会照例一扇门、一扇窗地去检查、去上闩。她一直负责把自己牢牢地锁在这个家里。

哪一个母亲不曾是穿着羽毛的仙女呢？只是她藏好了那件衣服，然后用最黯淡的一件粗布把自己掩藏了，我们有时以为她一直就是那样的。而此刻，那刚听完故事的小女儿鬼鬼地在窥视着什么？

她那么小，她由何得知？她是看多了卡通，听多了故事吧？她也发现了什么吗？是在我的集邮本偶然被儿子翻出来的一刹那吗？是在我拣出石涛画册或汉碑，并一页页细味的那一刻吗？是在我猛然回首听他们弹一阕熟悉的钢琴练习曲的时候吗？抑或是在我带他们走过年年的春光，不由自主地驻足在杜鹃花旁或流苏树下的一瞬间吗？

或是在我动容地托住父亲的勋章或童年珍藏的北平画片的时候，或是在我翻拣夹在大字典里的干叶之际，或是在我轻声地教他们背一首唐诗的时候……

是有什么语言自我眼中流出呢？是有什么音乐自我腕底泻过呢？为什么那小女孩会问道："妈妈，你是不是仙女变的呀？"

我掰开她的小手，救出我被吊得酸麻的脖子，我想对她说："是的，妈妈曾经是一个仙女，在她做小女孩的时候，但现在，她不是了，你才是，你才是一个小小的仙女！"但我凝视着她晶亮的眼睛，只简单地说了一句："不是，妈妈不是仙女。你快睡觉。""真的？""真的！"她听话地闭上眼睛，旋即又不放心地睁开眼："如果你是仙女，也要教我仙法哦！"我笑而不答，替她把被子掖好，她兴奋地转动着眼珠，不知在想些什么。然后,她睡着了。

故事中的仙女既然找回了羽衣,大约也回到云间去睡了。

风睡了,鸟睡了,连夜也睡了。我守在两张小床之间,久久凝视着他们的睡容。

种种有情

> 天地也无非是风雨中的一座驿亭，人生也无非是种种羁心绊意的事和情，能题诗在壁总是好的！

有时候，我到水饺店去，饺子端上来的时候，我总是怔怔地望着那一个个透明饱满的形体，北方人叫它"冒气的元宝"，其实它比冷硬的元宝好多了，饺子自身是一个完美的世界，一张薄茧，包覆着简单而又丰盈的美味。

我特别喜欢看的是捏合饺子时边皮留下的指纹，世界如此冷漠，天地和文明可能在一刹那之间化为炭劫，但无论如何，当我坐在桌前上面摆着的某个人亲手捏合的饺子，热气腾腾中，指纹美如古陶器上的雕痕，吃饺子简直可以因而神圣起来。

"手泽"为什么一定要拿来形容书法呢？一切完美的留痕，甚至饺皮上的指纹不都是美丽的手泽吗？我忽然感到万物的有情。

巷口一家饺子馆的招牌是正宗川味山东饺子馆,也许是一个四川人和一个山东人合开的,我喜欢那招牌,觉得简直可以画上《清明上河图》,那上面还有电话号码,前面注着TEL(电话),算是有了三个英文字母,至于号码本身,写的当然是阿拉伯文,一个小招牌,能涵容了四川、山东、中文、阿拉伯(数)字、英文,不能不说是一种可爱。

校车反正是每天都要坐的,而坐车看书也是每天例有的习惯,有一天,车过中山北路,劈头栽下一片叶子,竟把手里的宋诗打得有了声音,多么令人惊异的断句法。

原来是通风窗里掉下来的,也不知是刚刚新落的叶子,还是某棵树上的叶子在某时候某地方,偶然憩在偶过的车顶上,此刻又偶然掉下来的,我把叶子揉碎,它是早死了,此刻,它的芳香在我的两掌复活,我拃开微绿的指尖,竟恍惚自觉是一棵初生的树,并且刚抽出两片新芽,碧绿而芬芳,温暖而多血,镂饰着奇异的脉络和纹路,一叶在左,一叶在右,我是庄严地合着掌的一截儿新芽。

两年前的夏天,我们到堪萨斯州去看朱和他的全家——标准的神仙眷属,博士的先生,硕士的妻子,数目"恰恰好"的孩子,可靠的年薪,高尚住宅区里的房子,房子前的草坪,草坪外的绿树,绿树外的蓝天……

临行,打算合照一张,我四下浏览,无心地说:

你好吗

"啊,就在你们这棵柳树下面照,好不好?"

"我们的柳树,"朱忽然回过头来,正色地说,"什么叫我们的柳树?我们反正是随时可以走的!我随时可以让它不是'我们的柳树'。"

一年以后,他和全家都回来了,不知堪萨斯州的那棵树如今属于谁——但不属于这块土地,他的门前不再有柳树了,他只能把自己栽成这块土地上的一片绿意。

春天,中山北路的红砖道上有人拿着用粗绒线做的长腿怪鸟的兜卖,风吹着鸟的瘦胫,飘飘然好像真会走路的样子。

有些外国人忍不住停下来买一只。

忽然,有个中国女人停了下来,她不算年轻,三十岁左右,一看就知她是精明干练、日子过得很忙碌的女人。

"这东西很好,"她抓住小贩,"一定要外销,一定赚钱,你到××路××巷×号二楼上去,一进门有个×小姐,你去找她,她一定会想办法给你弄外销!"

然后她又回头重复了一次地址,才放心走开。

生活怎能不富,连路上不相干的路人也会指点别人怎么做生意,其实,那种东西厂商也许早就做外销了,但那女人的热心,真是可爱得紧。

暑假到中部乡下去,拐入一个岔道,在一棵大榕树底下看到一个身子特别瘦小的孩子,把几根绳索吊在大树上,他自己站在一张小板凳上,结着简单的结,要把那几根绳索编成一个网花盆的吊篮。

他的母亲对着他坐在大门口,一边照应着杂货店,一边编着美丽的结,蝉声满树,我搭讪着和那妇人说话,问她卖不卖,她告诉我不能卖,因为厂方签好契约是要外销的,带路的当地朋友说他们全是不露声色的财主。

我一直很怀念那条乡下无名的小路,路旁那一对富足的母子,以及他们怎样在满地绿荫里相对坐编那织满蝉声的吊篮。

我习惯请一位姓赖的油漆工人,他是客家人,哥哥做木工,一家人彼此生意都有照顾。有一年我打电话找他们,居然不在,因为到关岛去做工程了。

过了一年才回来。

"你们也是要三年出师吧?"有一次我没话找话跟他们闲聊。

"不用,现在两年就行。"

"怎么短了?"

"当然,现代人比较聪明!"

听他说得一本正经,顿时对人类前途都觉得乐观起来,现代的学徒不用生炉子,不用倒马桶,不用替老板娘抱孩子,当然两年就行了。

我一直记得他们一口咬定现代人比较聪明时脸上那份尊严的笑容。

学校下面是一所大医院,黄昏的时候,病人出来散步,有些探病的人也三三两两地散步。

那天,我在山径上便遇见了几个这样的人。

你好吗

习惯上,我喜欢走慢些去偷听别人说话。

其中有一个人,抱怨钱不经用,抱怨着抱怨着,像所有的中老年人一样,话题忽然就回到四十年前一块钱能买几百个鸡蛋的老故事上去了。

忽然,有一个人憋不住地叫了起来:

"你知道吗?我念初中那会儿,有一次在街上捡到一张钱,哎呀,后来我等了一个礼拜天,拿着那张钱进城去,又吃了馆子,又吃了冰淇淋,又买了球鞋,又买了字典,又看了电影,哎呀,钱居然还没有花完哪……"

山径渐高,黄昏渐冷。

我驻下脚,看他们渐渐走远,不知为什么,心中涌满对黄昏时分霜鬓的陌生客的关爱,四十年前的一个小男孩,曾被突来的好运弄得多么愉快,四十年后山径上薄凉的黄昏,他仍然不能忘记……

不知为什么,我忽然觉得那人只是一个小男孩,如果可能,我愿意自己是那掉钱的人,让人世中平白多出一段传奇故事……

无论如何,能去细味另一个人的惆怅也是一件好事。

元旦的清晨,天气异样地好,不是风和日丽的那种好,是清朗见底的一种澄澈。我坐在计程车上赶赴一个会,路遇红灯时,车龙全停了下来,我无聊地探头窗外,只见两个年轻人骑着摩托车,其中一个说了几句话,忽然兴奋地大叫起来:"真是个好主意啊!"

我不知他们想出了什么好主意，但看他们阳光下无邪的笑意，也忍不住跟着高兴起来，不知道他们的主意是什么主意，但能在偶然的红灯前遇见一个以前没见过以后也不会再见到的人真是一个奇异的机缘。

他们的脸我是记不住的，但那不重要，重要的是我记得他们石破天惊的欢呼，他们或许去郊游，或许去野餐，或许去访问一个美丽的笑靥如花的女孩，他们有没有得到他们预期的喜悦，我不知道，但我至少得到了，我惊喜于我能分享一个陌路的未曾成形的喜悦。

经过火车站的时候，我总忍不住要去看留言牌。

那些粉笔字不知道铁路局允许它保留半天或一天，它们不是宣纸上的书法，不是金石上的篆刻，不是小笺上的墨痕，它们注定立刻便要消逝——但它们存在的时候，它是多好的一根丝缕，就那样绾住了人间种种的牵牵绊绊。

我竟把那些句子抄了下来：

缎：久候未遇，已返，请来龙泉见。

春花：等你不见，我走了（我两点再来）。荣。

展：我与姨妈往内埔姐家，晚上九时不来等你。

每次看到这样的字总觉得好，觉得那些不遇、焦灼、愚痴中也自有一份可爱，一份人间必要的温度。

还有一个人，也不署名，也没称谓，只扎手扎脚地写了"吾走矣"三个大字，板黑字白，气势好像要突破挂板飞去的样子。也不知道究竟是写给某一个人看的，还是写给过往来客的一句诗偈，总之，令人看得心头一震！

　　《红楼梦》里麻屣鹑衣的跛足道人可以一路唱着"好了歌"，告诉世人万般"好"都是因为"了断"尘缘，但为什么要了断呢？每次我望着大小驿站中的留言牌，总觉万般的好都是因为不了不断、不能割舍而来的。

　　天地也无非是风雨中的一座驿亭，人生也无非是种种羁心绊意的事和情，能题诗在壁总是好的！

一碟辣酱

而我只是好意一举箸,竟蒙对方厚赠,想来,生命之宴也是如此吧?我对生命中的涓滴每有一分赏悦,上帝总立即赐下万道流泉;我每为一个音符凝神,他总倾下整匹的音乐如素锦。

有一年,在香港教书。

港人非常敬师,开学第一周,校长在自己家里请客,有十位教授赴宴,我也在内。这种席,每周一次,务必使校长在学期中能和每位教员谈谈。我因为是客,所以列在首批客人名单里。

这种好事因为在台湾从未发生过,我十分兴头地去赴宴。原来菜都是校长家的厨子自己做的,清爽利落,很有家常菜风味。也许由于厨子是汕头人,他在诸色调味料中加了一碟辣酱,校长夫人特别声明是厨师亲手调制的。

那辣酱对我而言稍微嫌甜,但我还是取用了一些。因为一般而言广东人怕辣,这碟辣酱我若不捧场,全桌就没有谁会去理它。广东人很奇怪，他们一方面非常知味，一方面却又完全不懂"辣"是什么。我有次看到一则比萨饼的广告，说"热辣辣的"，便想拉朋友一试，朋友笑说："你错了，热辣辣跟辣没有关系，意思是指很热很烫。"

我有点生气，广东话怎么可以把辣当作热的副词？仿佛辣本身不存在似的。

我想这厨子既然特意调制了这独家辣酱，没有人下箸总是很伤感的事。汕头人是很以他们的辣酱自豪的。

那天晚上吃得很愉快，也聊得很尽兴，临别的时候主人送客到门口，校长夫人忽然塞给我一个小包，她说："这是一瓶辣酱，厨子说特别送给你的。我们吃饭的时候他在巡巡看看，发现只有你一个人欣赏他的辣酱，他说他反正做了很多，这瓶让你拿回去吃。"

我其实并不喜欢那偏甜的辣酱，吃它原是基于一点善意，不料竟回收了更大的善意。

我千恩万谢受了那瓶辣酱——这一次，我倒真的爱上这瓶辣酱了，为了厨子的那份情。

大约世间之人多是寂寞的吧？未被击节赞美的文章，未蒙赏识的赤诚，未受注视的美貌，无人为之垂泪的剧情，徒然地弹了又弹却不曾被一语道破的高山流水之音，或者，无人肯试的一碟食物……

而我只是好意一举箸，竟蒙对方厚赠，想来，生命之宴也是如此吧？我对生命中的涓滴每有一分赏悦，上帝总会立即赐下万道流泉；我每为一个音符凝神，他总倾下整匹的音乐如素锦。

生命的厚礼，原来只赏赐给那些肯于一尝的人。

傻傻的妈妈

傻傻的妈妈，痴心的妈妈——但，这是上帝的旨意啊！如果所有的母亲都能清楚评估自己孩子的资质，我们还要母亲做什么用？她不过等于一个智商鉴定中心的职员罢了。

一位老邻居叫住我，要跟我说新邻居的事：

"你知道吗？我家楼下换人啦！新搬来的这家也真好笑哩，"她说着，真的咯咯笑了起来，"这家妈妈自己跟我说的，她说她儿子去年联考没考好，今年重考，说不定就会考上台大哩！如果考上了，这座小房子刚好近台大，所以虽然贵，她也买啦！买了好让儿子上台大方便嘛！"

"唉！"她忽然脸色一沉，"你知道吗？日本有一个字，叫——"

"什么？"我一点也听不懂她咕噜的一声日文是什么意思。

"这句话要是翻出来，就是'傻傻的妈妈'，世上就是偏偏有这些傻傻的妈妈——"

我忽然想起另一个朋友,他念哲学,他哥哥念物理,他的母亲有天一个人在家里发起愁来。

"她愁什么呢?"我还以为是愁两个儿子都念了冷门的科系。

"愁——哈!你猜——原来她愁如果有一天,我和大哥一同中科,一同拿下了诺贝尔奖,记者要来采访她,那时她该说些什么才得体呢?"

据说后来她不愁了,因为那篇谈话她已经想好该怎么说了,有备无患,她开始安心等待那一天到来。

傻傻的妈妈,痴心的妈妈——但,这是上帝的旨意啊!如果所有的母亲都能清楚评估自己孩子的资质,我们还要母亲做什么用?她不过等于一个智商鉴定中心的职员罢了。

每一个孩子都是在"误以为是天才"的痴心奉献中才成长的呀!

小鸟报恩记

当它像箭一般疾射而去的时候,它那双自由的翅膀所拍出的韵律,所隐藏的欢呼,是我生平所听到的最美丽的感恩颂歌。

台风过后的清晨,我驱车经过中山北路。

走到接近福林桥的位置,看见路旁樟树下有一只鸟。是白头翁,落在水洼里,不知是死是活,快车道停车不成,我只好绕到忠诚路去,把车停好,再回来探看它。

它仍然瑟缩在地上,大概昨夜从树上跌下来的吧?我因车上刚好有件外套,便拿来权充毛毯,把它包了,听说鸟类胆子小,容易受惊,我现在虽来救它,在它看来未必不像绑票,像掠抢俘虏。又常听说让鸟类处于黑暗中,它会安静些。果真,包了衣服以后,它乖乖的,像一只驯良的家猫。

白头翁其实很常见,它们的族群似乎比较凶悍,常常把别的鸟儿赶跑,从来没听说白头翁可以饲养,也不知它吃什么。

回到家里,我因怕它乱飞不安全,也只好弄只笼子来,作为"加护病房"。并且准备了鸡肉、小米和清水，看它选择哪一样。当然，也许它只吃活飞虫——那我便无能为力了。

也许是在病中，它既不吃荤，也不吃素，只肯喝点水，我觉得十分过意不去，仿佛招待不周，怠慢了客人，自己惭愧万分。

唉！这只小鸟不知命运如何，我本来自以为稍稍懂得一点鸟的知识的。我甚至知道白头翁另有一族亲戚叫黑头翁，住在东海岸一带。但没有用，我还是没有办法"劝君更进一粒粟"。

小鸟事件大概是我生平所做的许多笨事里的一件新纪录，如果它因为照顾不周而殂逝，我岂不悔死？

"它会不会死呀？"就这样念叨着，我一天不知要偷窥它几十次，只见它失魂落魄地站在笼子里，不发一声，不啄一粟，我又只能偷窥它，唯恐打扰了它的领域感。

它独自占据一间卧房，那是儿子出国读书以后的空房间。房子对鸟而言又是什么呢？我不禁思忖，那方方的，白白的，没有绿枝也没有虫吟的空间。

台风之后是雨，雨后是晴天，它已在我家住了两天了。第三天清早，我带它回中山北路老家。想一想，不确定它能不能恢复正常，小鸟如果摔落在中山北路上是可怕的。

我于是又绕到忠诚路，那里有一座公园。我打开笼门，轻轻取出它来，也没看清楚它怎么振翅的，总之，我还没回过神来，它已倏然一纵，飞到百米外去了。

其实近处也有树，但它不放心，它一径飞到远丛中去了。飞得速度之快，使我绝对不敢相信，它就是窝在我家笼子里那只病恹恹的鸟。

鸟去了，只有风鸣众柯。想起小时候念的儿童故事，受伤的小鸟离开寄养家庭的时候，总不免迁延徘徊，一步三回头，有依依不舍之意。而且，过不了几天，它竟会衔颗钻石什么的回来相酬。

我看我收养的这只白头翁，便知道它不曾读过这类童话，完全不知世间竟有此等陋规。它离开我的时候大概乐昏了头，也不向我打听一下住址，以便来日衔宝报恩。

——然而，我却觉得自己已收到了报恩礼物。当它像箭一般疾射而去的时候，它那双自由的翅膀所拍出的韵律，所隐藏的欢呼，是我生平所听到的最美丽的感恩颂歌。

有些人

> **那**天,很不幸的是,行列式并没有考,而那以后,我再没有碰过代数书,我的最后一节代数课竟是蹲在泥地上上的。我整个的中学教育也是在那无墙无顶的教室里结束的,事隔十多年,才忽然咀嚼出那意义有多美。

有些人,他们的姓氏我已遗忘,他们的脸庞却恒常浮着——像晴空,虽然整个雨季我们都不见它,却清晰地记得它。

那一年,我读小学二年级,有一个女老师——我连她的脸都记不起来了,但好像觉得她是很美的。有哪一个小学生心目中的老师不美呢?也恍惚记得她身上那片不太鲜丽的蓝。她教过我们些什么,我完全没有印象,但永远记得某个下午的作文课,一位同学举手问她"挖"字该怎么写,她想了一下,说:"这个字我不会写,你们谁会?"我兴奋地站起来,跑到黑板前写下了那个字。

那天,放学的时候,当同学们齐声向她说"再见"的时候，她向全班同学说："我真高兴，我今天多学会了一个字，我要谢谢这位同学。"

我立刻快乐得有如肋下生翅一般——我平生似乎再没有出现那么自豪的时刻。

那以后，我遇见无数学者，他们尊严而高贵，似乎无所不知。但他们教给我的，远不及那个女老师多。她的谦逊，她对人不吝惜的称赞，使我突然间长大了。

如果她不会写"挖"字，那又何妨？她已挖掘出一个小女孩心中宝贵的自信。

有一次，我到一家米店去。

"你明天能把米送到我们的营地吗？"

"能。"那个胖女人说。

"我已经把钱给你了，可是如果你们不送，"我不放心地说，"我们又有什么证据呢？"

"啊！"她惊叫一声，眼睛睁得圆鼓鼓的，仿佛听见一件耸人听闻的罪案，"做这种事，我们是不敢的。"

她说"不敢"二字的时候，那种敬畏的神情使我肃然，她所敬畏的是什么呢？是尊贵古老的卖米行业，还是"举头三尺有神明"？她的脸，十年后的今天，如果再遇到，我未必能辨认，但我每遇见那无所不为的人，就会想起她——为什么其他人竟无所畏惧呢？

有一个夏日，中午，我从街上回来，红砖人行道烫得人鞋底都要烧起来似的。忽然，我看到一位衣衫褴褛的中年人瘫软地靠在一堵墙上,他的眼睛闭着,黧黑的脸扭曲着,如一截儿枯根。不知在忍受着什么?他也许是中暑了,需要一杯甘洌的冰水。他也许很忧伤,需要一两句鼓励的话。虽然满街的人潮流动,美丽的皮鞋行过美丽的人行道,但是没有人驻足望他一眼。

我站了一会儿,想去扶他,但我闺秀式的教育使我不能不有所顾忌,如果他是疯子,如果他的行动冒犯我——于是,我扼杀了我的同情,让我自己和别人一样漠然地离去。

那个人是谁?我不知道,那天中午他在眩晕中想必也没有看到我,我们只不过是路人。但他的痛苦的样子却盘踞了我的心,他那无助的影子使我陷在长久的自责里。

我们曾相遇于同一条街,为什么我不能献出一点手足之情,为什么我有权漠视他的痛苦呢?我何以怀着那么可耻的自尊?如果可能,我真愿再遇见他一次,但谁又知道他在哪里呢?我们并非永远都有行善的机会——如果我们一度错过。

那陌生的脸于我是永远不可弥补的遗憾。

对于代数中的行列式,我是一点也记不得了。倒是记得那细瘦矮小、貌不惊人的代数老师。那年7月,当我们赶到联考考场的时候,只觉得整个人生都摇晃起来,无忧的岁月至此便渺茫了,谁能预测自己在考场后的人生?想不到的是代数老师也在那里,他那苍白而没有表情的脸竟会在奔波过两个城市,在考场上出现,是颇令人感到意外的。

接着,他蹲在泥地上,捡了一块碎石子,为特别愚鲁的我讲起行列式来。我焦急地听着，似乎从来未曾那么心领神会过。泥土的大地可以成为那么美好的纸张，尖锐的利石可以成为那么流利的彩笔——我第一次懂得，他使我在书本上的朱注之外了解了所谓"君子谋道"的精神。

那天，很不幸的是，行列式并没有考，而那以后，我再没有碰过代数书，我的最后一节代数课竟是蹲在泥地上上的。我整个的中学教育也是在那无墙无顶的教室里结束的，事隔十多年，才忽然咀嚼出那意义有多美。

代数老师姓什么？我竟不记得了，我能记得语文老师所填的许多小词，却记不住代数老师的名字，心里总有点内疚。如果我去母校查一下，应该不甚困难，但总觉得那是不必要的，他比许多我记得住姓名的人不是更有价值吗？

梅妃

邀风、邀雪、邀月,它开着,梅妃,天宝年和天宝年的悲剧过去了,唯有梅花,将天恒地久地开着。

梅妃,姓江名采苹,莆田人,婉丽能文,开元初,高力士使闽越选归,大见宠幸,性爱梅,帝因名曰梅妃,迨杨妃入,失宠,逼近上阳宫,帝每念之。会夷使贡珠,乃命封一斛以赐妃,不受,谢以诗,词旨凄婉,帝命入乐府,谱入管弦,名曰一斛珠。

梅妃,我总是在想,你是一个怎样的女人。

当三千白头宫女闲坐说天宝年的时候,当一场大劫扼死了杨玉环,老衰了唐明皇,而当教坊乐工李龟年(那曾经以音乐摇漾了沉香亭繁红艳紫的牡丹的啊!)流落在江南的落花时节里,那时候,你曾怎样冷眼看长安。

梅妃,江采苹,你是中国人心中渴想得发疼的一个愿望,你是痛苦中的美丽,绝望中的微焰,你是庙堂中的一只鼎,鼎上的一缕烟,无可凭依,却又那样真实,那样天恒地久地成为信仰的中心。

曾经,唐明皇是你的。

曾经,唐明皇是属于"天宝"年号的好皇帝。

曾经,满园的梅花连成芳香的云。

但,曾几何时,杨玉环恃宠入宫,七月七日长生殿,信誓旦旦的甜言蜜语,原来是可以戏赠给任何一只耳膜的,春风中牡丹腾腾烈烈扇火一般地开着,你迁到上阳宫去了,那里的荒苔凝碧,那里的垂帘寂寂。再也没有宦官奔走传信,再也没有宫娥把盏侍宴,就这样忽然一转身,检点万古乾坤,百年身世,唯一那样真实而存在的是你自己,是你心中那一点对生命的执着。

士为知己者死,知己者若不可得,士岂能不是士?

女为悦己者容,悦己者若不可遇,美丽仍自美丽。

是王右丞的诗,"涧户寂无人,纷纷开且落"。宇宙中总有亿万种美在生发,在辉灿,在完成,在永恒中镌下他们自己的名字。不管别人知道或不知道,别人承认或不承认。

日复一日,小鬟热心地走告:那边,杨玉环为了掩饰身为寿王妃的事实,暂时出家做女道士去了,法名是太真。

那边,太真妃赐浴华清池了。

那边,杨贵妃编了霓裳羽衣舞了。

那边,他们在春日庭园小宴中对酌。

那边,贵妃的哥哥做了丞相。

那边，贵妃的姐姐封了虢国夫人，她骑马直穿宫门。

那边，盛传着民间的一句话："男不封侯女作妃，看女却为门上楣。"

那边，……

而梅妃，我总是在想，你是一个怎样的女人？

那些故事就那样传着，传着，你漠然地听着，两眼冷澈灿霜如梅花，你隐隐感到大劫即将来到，天宝年的荣华美丽顷刻即将结束，如一团从锦缎上拆剪下来的绣坏的绣线。

终有一天，那酡颜会萎落在尘泥间，孽缘一开头便注定是悲剧。

有一天，明皇命人送来一斛明珠，你把珠子倾出，漠然地望着那一堆滴溜溜的浑圆透亮的东西，忽然觉得好笑。

你曾哭过，在刚来上阳宫的日子，那些泪，何止一斛明珠呢？情不可依，色不可恃，现在，你不再哭了，人总得活下去，人总得自己撑起自己来，你真的笑了。拿走吧，你吩咐来人，布衣女子，也可以学会拒绝皇帝的，我们曾经真诚过，正如每颗珍珠都曾莹洁闪烁过，但也正如珠一样，它是会发黄黯淡的，拿回去吧，我恨一切会发黄的东西。

拿走吧，梅花一开，千堆香雪中自有万斛明珠，拿走吧，后宫佳丽三千，谁不想分一粒耀眼生辉的东西。

而小鬟，仍热心地走告。

那过……

事情终于发生了。

渔阳鼙鼓动地而来,唐明皇成了落荒而逃的皇帝,故事仍被絮絮叨叨地传来:六军不发,明皇束手了。

杨国忠死了。

杨贵妃也死了——以一匹白练——在掩面无言的皇帝之前。

杨贵妃埋了,有个老太婆捡了她的袜子,并且靠着收观客的钱而发了财。(多荒谬离奇的尾声)

唐明皇回来了,他不再是皇帝,而是一位神经质的老人。

天空的光荣全被乱马踏成稀泥了。

而冬来时,梅妃,那些攘千臂以擎住一方寒空的梅枝,肃然站在风中,恭敬地等候白色的祝福。

谢尽了牡丹,闹罢了笙歌,梅妃,你的梅花终于开了,把冰雪都感动得为之含香凝芬的梅花。

在春天的二十四番花信风之后,在夏荷秋菊之后,像是为争最后一口气,它傲然地开在那里——可是它又并不跟谁争一口气,它只是那样自自然然地开着,仿佛天地山川一样怡然,你于是觉得它就是该在那里的,大地上没有梅花才反而是一件不可思议的事。

邀风、邀雪、邀月,它开着,梅妃,天宝年和天宝年的悲剧过去了,唯有梅花,将天恒地久地开着。

伍 怀古

秋天的阳光像餍食后的花豹,冷冷地坐着。寡欲的阳光啊,不打算攫获,不打算掠食,那安静的沉稳如修行者的阳光。

伍 怀古

春之怀古

春天必然曾经是这样,或者,在什么地方,它仍然是这样的吧?穿越烟囱与烟囱的黑森林,我想走访那蹒跚在湮远年代中的春天。

春天必然曾经是这样的:从绿意内敛的山头,一把雪再也撑不住了,"扑哧"一声,将冷面笑成花面,一首澌澌然的歌便从云端唱到山麓,从山麓唱到低低的荒村,唱入篱落,唱入一只小鸭的黄蹼,唱入软绒绒的春泥——软如一床新翻的棉被的春泥。

那样娇,那样敏感,却又那样混沌无涯。一声雷,可以无端地惹哭满天的云,一阵杜鹃啼,可以斗急了一城杜鹃花,一阵风起,每一棵柳都会吟出一则则白茫茫、虚飘飘,说也说不清,听也听不清的飞絮,每一丝飞絮都是一株柳的分号。反正,春天就是这样不讲理,不讲逻辑,而仍可以好得让人心平气和的。

你好吗

春天必然会是这样的：满塘叶黯花残的枯梗抵死苦守一截儿老根，北地里千宅万户的屋梁，受尽风欺雪扰自温柔地抱着一团小小的空虚的燕巢。然后，忽然有一天，桃花把所有的山村水廓都攻陷了。柳树把皇室的御沟和民间的江头都控制住了——春天有如旌旗鲜明的王师，因为长期虔诚的企盼祝祷而美丽起来。

而关于春天的名字，必然曾经有这样的一段故事：在《诗经》之前，在《尚书》之前，在仓颉造字之前，一只小羊在啮草时猛然感到的多汁，一个孩子放风筝时猛然感觉到的飞腾，一双患风湿的腿在猛然间感到舒适，千千万万双素手在溪畔在江畔浣纱时所猛然感到的水的血脉……当他们惊讶地奔走互告的时候，他们决定将嘴噘成吹口哨的形状，用一种愉快的耳语的声音来为这季节命名——"春"。

鸟又可以开始丈量天空了。有的负责丈量天的蓝度，有的负责丈量天的透明度，有的负责用那双翼丈量天的高度和深度。而所有的鸟全不是好的数学家，他们叽叽喳喳地算了又算，核了又核，终于还是不敢宣布统计的数字。

至于所有的花，已交给蝴蝶去数。所有的蕊，交给蜜蜂去编册。所有的树，交给风去纵宠。而风，交给檐前的老风铃去一一记忆、一一垂询。

春天必然曾经是这样，或者，在什么地方，它仍然是这样的吧？穿越烟囱与烟囱的黑森林，我想走访那踯躅在湮远年代中的春天。

伍 怀古

白千层

> 千层白色,一千层纯洁的心迹,这是一种怎样的哲学啊!冷酷的摧残从没有给它带来什么,所有的,只是让世人看到更深一层的坦诚罢了。

在匆忙的校园里走着,忽然,我的脚步停了下来。

"白千层",那个小木牌上这样写着。小木牌后面是一株很粗壮、很高大的树。它奇异的名字吸引着我,使我感动不已。

它必定已经在此生长很多年了,那种漠然的神色、孤高的气象,竟有些像白发斑驳的哲人了。

它有一种很特殊的树干,绵软的,细韧的,一层比一层更洁白动人。

必定有许多坏孩子已经剥过它的树皮了,那些伤痕很清楚地挂着。只是整个树干仍然挺立得笔直,在表皮被撕裂的地方显出第二层的白色,恍惚在向人说明一种深奥的意义。

一千层白色，一千层纯洁的心迹，这是一种怎样的哲学啊！冷酷的摧残从没有给它带来什么，所有的，只是让世人看到更深一层的坦诚罢了。

在我们人类的森林里，是否也有这样一株树呢？

伍 怀古

一柄伞

整个雨季我常站在冷雨的街头等车,时时想着,那安妥有如屋檐般的伞何在?

微雨的车站上,为了贪看一本心爱的书,我竟腾不出手来撑伞。忽然,左边的一个女孩带着她的伞靠近说:"我们一起打,好吗?"

我竟然拒绝她说:"不,不用了,我有伞的,雨不大,我……"忽然,我感到懊悔,我怎么可对一个高贵的女孩如此说话?也许她是鼓了极大的勇气才来和我说话的,而我竟给她那样的回答。

每当雨季,满街的伞盛放如朵朵湿菌,有哪一朵愿意让你共同寄身?而这片唯一的庇护竟被我拒绝,何其愚鲁!

整个雨季我常站在冷雨的街头等车,时时想着,那安妥有如屋檐般的伞何在?

香椿

万物于人，原来可以如此亲和的。吃，原来也可以像宗教一般庄严肃穆的。

香椿芽刚冒上来的时候，是暗红色的，仿佛可以看见一股地液喷上来，把每片嫩叶都充了血。

每次回屏东娘家，我总要摘一大抱香椿芽回来，孩子们都不在家，老爸老妈坐对四棵前前后院的香椿，当然是来不及吃的。

记忆里妈妈不种什么树，七个孩子已经够排成一列树栽子了，她总是说"都发了人了，就发不了树啦"，可是现在，大家都走了，爸妈倒是弄了前前后后满庭的花，满庭的树。

我踮起脚来，摘那最高的尖芽。

不知为什么，椿树是传统文学里被看作一种象征父亲的树。对我而言，椿树是父亲，椿树也是母亲，而我是站在树下摘树芽的小孩。那样坦然地摘着，那样心安理得地摘，仿佛做

伍 怀古

一棵香椿树就该给出这些嫩芽似的。

年复一年我摘取,年复一年,那棵树给予。

我的手指已习惯于接触那柔软潮湿的初生叶子的感觉,那种攀摘令人惊讶浩叹,那不胜柔弱的嫩芽上竟仍把得出大地的脉动,所有的树都是大地单向而流的血管,而香椿芽,是大地最细致的微血管。

我把主干拉弯,那树忍着,我把支干扯低,那树忍着,我把树芽采下,那树默无一语。我撇下树回头走了,那树的伤痕上也自己努力结了疤,并且再长新芽,以供我下次攀摘。

我把树芽带回台北,放在冰箱里,不时取出几枝,切碎,和蛋,炒得喷香地放在餐桌上,我的丈夫和孩子争着嚷着,炒得太少了。

我把香椿夹进嘴里,急急地品味那奇异的芳烈的气味,世界仿佛一刹那凝止下来,浮士德给予的种种尘世欢乐之后,仍然迟迟说不出口的那句话,我觉得我是能说的。

"太完美了,让时间在这一瞬间停止吧!"

不纯是为了那树芽的美味,而是为了那背后种种因缘,岛上最南端的小城,城里的老宅,老宅的故园,园中的树,象征父亲也象征母亲的树。

万物于人,原来可以如此亲和的。吃,原来也可以庄严肃穆的。

你好吗

不朽的失眠

有人会记得那一届状元披红游街的盛景吗?不!我们只记得秋夜的客船上那个失意的人,以及他那场不朽的失眠。

他落榜了!一千两百年前。榜纸那么大那么长,然而,就是没有他的名字,单单容不下他的名字——"张继"两个字。

考中的人,姓名一笔一画地写在榜单上,天下皆知。奇怪的是,在他的感觉里,考不上才是天下皆知。这件事,令他羞愧沮丧。

离开京城吧!议好了价,他踏上小舟。本来预期的情节不是这样的,本来也许有插花游街、马蹄轻疾的风流,有衣锦还乡、袍笏加身的荣耀。然而,寒窗十年,虽有他的悬梁刺股,琼林宴上,却并没有他的一角席次。

船行似风。

江枫如火,在岸上举着冷冷的燔焰。这天黄昏,船,来到了苏州,但这美丽的古城,对张继而言,也无非是另一个触动

伍 怀古

愁情的地方。

如果说白天有什么该做的事，对一个读书人而言，就是读书吧！夜晚呢？夜晚该睡觉以便养足精神第二天再读。然而，今夜是一个忧伤的夜晚。今夜，在异乡，在江畔，在秋冷雁高的季节，允许一个落魄士子放肆地忧伤。江水，可以无限度地收纳古往今来，一切不顺遂之人的泪水。

这样的夜晚，残酷地坐着，亲自听自己的心正被什么东西啮噬而一分一分消失的声音，而且眼睁睁地看着自己的生命如劲风中的残灯，所有的力气都花在抗拒上了，油快尽了，微火每一刹那都可能熄灭。然而，可恨的是，终其一生，它都不曾华美灿烂过啊！

江山睡了，船睡了，船家睡了，岸上的人也睡了。唯有他，张继，醒着，夜愈深，愈清醒，清醒如败叶余落的枯树，似梁燕飞去的空巢。

起先，是睡眠排拒了他。（也罢，这半生，不是处处都遭排拒吗？）而后，是他在赌气，好，无眠就无眠，长夜独醒，就干脆彻底来为自己验伤，有何不可？

月亮西斜了，一副意兴阑珊的样子。有鸟啼，粗嘎嘶哑，是乌鸦，那月亮被它一声声叫得更黯淡了。江岸上，想已霜结了千草。夜空里，星子亦如清霜，一粒粒零落凄绝？

在须角，在眉梢，他感觉，似乎也森然生凉，那阴阴不怀好意的凉气啊，正等待凝成早秋的霜花，来贴缀他惨淡少年的容颜。

江上渔火三二，他们在干什么？在捕鱼吧？或者，虾？他们也会有撒空网的时候吗？世路艰辛啊！即使潇洒的捕鱼人，也不免投身在风波里吧！

然而，能辛苦工作，也是一种幸福吧！今夜，月自光其光，霜自冷其冷，安心的人在安眠，工作的人去工作。只有我张继，是天不管地不收的一个，是既没有权利去工作，也没有福气去睡眠的一个……

钟声响了，这奇怪的深夜的寒山寺钟声。一般寺庙，都是暮鼓晨钟，寒山寺庙敲"夜半钟"，用以警世。钟声贴着水面传来，在别人，那声音只是睡梦中模糊的衬底音乐。在他，却一记一记都撞击在他心坎上，正中要害。钟声那么美丽，但钟自己到底是痛还是不痛呢？

既然无眠，他推枕而起，摸黑写下"枫桥夜泊"四个字。然后，就把其余28个字照抄下来。我说"照抄"，是因为那28个字在他心底已像白墙上的黑字一样分明凸显：

月落乌啼霜满天，江枫渔火对愁眠。

姑苏城外寒山寺，夜半钟声到客船。

感谢上苍，如果没有落第的张继，诗的历史上便少了一首好诗，我们的某一种心情，就没有人来为我们一语道破。

一千两百年过去了，那张长长的榜单上（就是张继挤不进的那张金榜）曾经出现过的状元是谁？哈！管他是谁，真正被记得的名字是"落第者张继"。

有人会记得那一届状元披红游街的盛景吗？

不！我们只记得秋夜的客船上那个失意的人，以及他那场不朽的失眠。

雨荷

倘有荷在池,倘有荷在心,则长长的雨季何患?

有一次,雨中走过荷池,一塘的绿云绵延,独有一朵半开的红莲挺然其间。

我一时为之惊愕驻足,那样似开不开,欲语不语,将红未红,待香未香的一株红莲!

漫天的雨纷然而又漠然,广不可及的灰色中竟有这样一株红莲!像一堆即将燃起的火,像一罐立刻要倾泼的颜色!我立在池畔,虽不欲捞月,也几成失足。

生命不也如一场雨吗?你曾无知地在其间雀跃,你曾痴迷地在其间沉吟——但更多的时候,你得忍受那些寒冷和潮湿,那些无奈与寂寥,并且以晴日的幻想度日。

可是,看那株莲花,在雨中怎样地唯我而又忘我。当没有阳光的时候,它自己便是阳光。当没有欢乐的时候,它自己便是欢乐！一株莲花里有那么完美自足的世界！

　　一池的绿，一池无声的歌，在乡间不惹眼的路边——岂止只有哲学书中才有真理？岂止只有研究院中才有？一笔简单的雨荷可绘出多少形象之外的美善，一片亭亭青叶支撑了多少世纪的傲骨！

　　倘有荷在池，倘有荷在心，则长长的雨季何患？

春俎

> **谁**在溪中投下千面巨石？谁在石间播下春芜秋草？谁在草中立起大树如碑？谁在树上剪裁三月的翠叶如酒旆？谁在这无数张招展的酒旆间酝酿亿万年陈久而新鲜的芬芳？

春天是一则谎言

那女孩说，春天是一则谎言，饰以软风，饰以杜鹃，那女孩斩钉截铁地说，春天，是一则谎言。

可是，她说，二十年过去，我仍不可救药地甘于被骗。那些偶然红的花，那些偶然绿的水，竟仍然令我痴迷。春天一来，便老是忘记，忘记蓝天是一种骗局，忘记急湍是一种诡语，忘记千柯都只不过在开些空头支票，忘记万花只不过服食了迷幻药。真的，老是忘记——直到秋晚醒来时，才发现他们玩儿的只不过是些老把戏，而你又被骗了，你只能在苍白的北风中向壁叹息。

她说她的,我总不能拒绝春天。春水一涨潮,我就变得盲目,变得混沌,我恭谨地行到溪畔去办"告解",去照鉴自己的心,看看能不能仍拼成水仙——虽然,可能她说得对,虽然春天可能什么都不是,虽然春天可能只是一则谎言。

过客

别墅的主人买了块地,盖了房子,却无奈地陷在楼最高、气最浊、车马最喧腾的地方,把别墅的所有权证当作清供。

而第一位在千山夜雨中拧亮玻璃吊盏的人,却竟是我这陌生的过客,一时之间恍惚竟以为别墅是我的——或者也是云的。谁是客?谁是主?谁是物?谁是我?谁曾占有过什么?谁又曾管领过什么?

长长的甬道,只回响我的软履。寂然的阳台,只留我独饮风露,穆然的大柜,只垂挂我的春衫,初涨的新溪,只流过我的梦槛——那主人不在,我把一切美好霸占得那样彻底。

纤草初渥,足下的春泥几乎在升起一种柔声的歌。而这片土地,两年以前属于禾稻,千纪以前属于牧畜,万年以前属于渔猎,亿载以前属于洪荒,而此刻,它属于一张一尺见方的所有权证。

而我是谁?为什么我感到自己强烈的占有,不是今夜的占有,而是亿载之前的占有,我几乎能指出哪一带蓝天曾腾跃过飞龙,哪一丛密林曾隐居着麒麟,哪一片水滩曾映照七彩的凤凰,哪一座小桥曾负载夹弓猎人的歌;而今夜,我取代他们,继承他们,让我的十指来膜拜泥土。

今夜,我是拙而安的鸠鸟,我占着别人的别墅,我占着有巢氏的巢,我占着昭阳宫,我占着含章殿,我占着裴令的绿野堂,我占着王维的辋川和终南别业,我占着亘古长存的大地庙堂——我,一个过客。

坠星

山的美在于它的重复,在于它是一种几何级数,在于它是一种循环小数,在于它的百匝千遭,在于它永不干休的环抱。晚上,独步山径。两侧的山又黑又坚实,有如一锭古老的徽墨,而徽墨最浑凝的上方却被一点灼然的光突破。

"星坠了!"我忽然一惊。

而那一夜并没有星,我才发现那或者只是某一个人的一盏灯。一盏灯?可能吗?在那样孤绝的高处?伫立许久,我仍弄不清那是一颗低坠的星或是一盏高悬的灯。而白天,我什么也不见,只见云来雾往,千壑生烟。但夜夜,它不瞬地亮着,令我迷惑。

伍 怀古

山月

山月升起的地方刚好是对岸山间一个巧妙的缺口。中宵惊起,一丸冷月像颗珠子,莹莹然地镶嵌在山的缺处。

有些美,如山间月色,不知为什么美得那样无情,那样冷绝白绝,触手成冰。无月之夜的那种浑厚温暖的黑色此刻已被扯开,山月如雨,在同样的景片上硬生生地安排下另一种格调。

真的,山月如雨,隔着长窗,隔着纱帘,一样淋得人兜头兜脸,眉发滴水,连寒衾也淋湿了,一间屋子竟无一处可着脚,整栋别墅都漂浮起来,滉漾起来,让人有一种绝望的惊惶。

山月总是触动人最深处的忧伤,山月让人不能遗忘。

山月照在山的这一边,山月照在山的那一边。山的这一方是长垂地的别墅,山的那一方是海峡深蕴的忧伤。

山月照在岛上,山月照着旧梦,在不眠的中宵。在万窍含风的永夜,山月吹起令人愁倒的胡笳。

山月何以如此凛冽,山月何以如此无情,山月何以如此冷绝愁,触手成冰!

夜雨

雨声有时和溪声是很难分辨的,尤其在夜里。有时为了证实雨,我必须从回廊探出双臂。探着雨,便安心地回去躺下,欣喜而满足,夜是母性中拥书而眠。

书不多。但从《诗经》到皮蓝德娄,从陶渊明到乌托邦都有,只是落雨的夜里,我却总想起秦观,以及他的"可堪孤馆闭春寒,杜鹃声里斜阳暮"。

雨声中唯一的缺憾是失去鸟声。有一种鸟声,平时总听得到,细长而无尾声,却自有一种直抒胸臆的简捷的悲怆,像一个不善言辞的人的低喟。雨夜中有时不免想起那只鸟,不知在何处抖动它潮湿的羽毛和潮湿的叹息。

盛夏中偶落的骤雨,照例总扬起一阵浓郁的土香。而三月的夜雨不知为什么也能渗出一丝丝的青草味,跟太阳蒸发出来的强烈的草薰不同,是一种幽森的、细致的、嫩生生的气味。我想如果有一天我失明了,光凭嗅觉,我也能毫无错误地辨认出三月的夜雨。

野溪

从来没有想到溪声会那样执着,日以继夜,夜以继日,像一个喧嚷的小男孩,使我感到一种疲倦。我爱那水,但它使我疲倦——它使我疲倦,但我仍然爱那水——我之所以疲倦,或者是因为无论梦着醒着,我不能一秒钟不恭谨地聆听它,过分的爱情常使人疲累不胜。

水极浅,小溪中多半是乱石,小半是草,还有一些树,很奇怪地都有着无比苍老嶙峋的根，以及柔嫩如婴儿的透明绿叶，让人猜不透它们的年龄。大部分巨石都被树根抓住了，树根如网，巨石如鱼，相峙似乎已有千年之久，让人重温渔猎时代敦实的喜悦。

谁在溪中投下千面巨石？谁在石间播下春芜秋草？谁在草中立起大树如碑？谁在树上剪裁三月的翠叶如酒旆？谁在这无数张招展的酒旆间酝酿亿万年陈久而新鲜的芬芳？

溪水清且浅，溪声激以越，世上每日有山被解肢，每日有水被毁容，而眼前的野溪却浑然无知地坚持着今年的歌声；而明年，明年谁知道，我们且对斟今年的春天。

让千穴的清风吹彻玉笙，让千转的白湍拨起冷冷古弦，我们且对斟今年的春天。

缘豆儿

> 而有一天当我年老,当我的豆子赠尽,我会捧着别人赠我的那一钵,慢慢地从大街上走回来,就着夕晖,细数那每一粒玉莹。

在一本书上,我惊奇地读到这样简单的记载:

旧俗四月初八日,煮青豆黄豆遍施人以结缘,称"缘豆儿"。

读完了,想象力就开始忙碌起来,究竟是怎么一种风俗?一个人到了那天该煮一把豆子还是一升一斗豆子?清煮还是加酱卤?什么送法呢?站在街口上还是市集上呢?送给什么样的人呢?是不是包括读书人、田家、屠户、老人、小男孩、小女孩、唱歌的、说书的以及耍猴戏的、卖炊饼的……

而当黄昏,送完了所有豆子的钵子里,是不是换上了别人的豆子?我想着想着,只觉手上陡然沉重起来,低头一看,那只古人的钵子不知什么时候竟移到我手上来了。

伍 怀古

所谓小人物的一生,也不过是那么小小的一个钵子,里面装着小小的豆子。而所谓少年就是那种欢欢喜喜地站在街头的心情吧!好天好日,好风好鸟,我觉得跟每个擦肩而过的人都有一段好因缘。

一个小小的钵子,一堆小小的豆子,街头的人潮来了又去,怎知今日的一个凝视,不是明日的一个天涯?而这偶然的驻足间,且让我们互赠一颗小小的玉粒似的豆子,采撷自我田亩间的豆子——所谓少年,就是那份愉悦的掬掬的兴奋。

而有一天当我年老,当我的豆子赠尽,我会捧着别人赠我的那一钵,慢慢地从大街上走回来,就着夕晖,细数那每一粒玉莹。

秋天·秋天

秋天,这坚硬而明亮的金属季,是我深深爱着的。

  满山的牵牛藤起伏,紫色的小浪花一直冲击到我的窗前才猛然收势。

  阳光是耀眼的白,像锡,像许多发光的金属。是哪个聪明的古人想起来以木象春,而以金象秋呢?我们喜欢木的青绿,但我们怎能不钦仰金属的灿白?

  对了,就是这灿白,闭着眼睛也能感到的。在云里,在芦苇上,在满山的翠竹上,在满谷的长风里,这样乱扑扑地压了下来。

  在我们的城市里,夏季上演得太长,秋色就不免出场得晚些。但秋是永远不会被混淆的——这坚硬明朗的金属季。让我们从微凉的松风中去认取,让我们从新刈的草香中去认取。

  已经是生命中第二十五个秋天了,却依然这样容易激动。

伍 怀古

正如一个诗人说的：

"依然迷信着美。"

是的，到第五十个秋天来的时候，对于美，我怕是还要这样执迷的。

那时候，在南京，刚刚开始记得一些零碎的事，画面里常常出现一片美丽的郊野，我悄悄地从大人身边走开，独自坐在草地上。梧桐叶子开始簌簌地落着，簌簌地落着，把许多神秘的美感一起落进我的心里来了。

我忽然迷乱起来，小小的心灵简直不能承受这种兴奋。我就那样迷乱地捡起一片落叶。叶子是黄褐色的，弯曲的，像一只载着梦的小船，而且在船舷上又长着两粒美丽的梧桐子。每起一阵风我就在落叶的雨中穿梭，拾起一地的梧桐子。必有一两颗我所未拾起的梧桐子在那草地上发了芽吧？二十年了，我似乎又能听到遥远的西风，以及风里簌簌的落叶。我仍然能看见那载着梦的船，航行在草原里，航行在一粒种子的希望里。

又记得小阳台上的黄昏，视线的尽处是一列古老的城墙。在暮色和秋色的双重苍凉里，往往不知什么人又加上一阵笛音的苍凉。我喜欢这种凄清的美，莫名所以地喜欢。小舅舅曾经带我一直走到城墙的旁边，那些斑驳的石头，蔓生的乱草，使我有一种说不出的感动。长大了读辛弃疾的词，对于那种沉郁悲凉的意境总觉得那样熟悉，其实我何尝熟悉什么词呢？我所熟悉的只是古老南京城的秋色罢了。

后来，到了柳州，一城都是山，都是树。走在街上，两旁总夹着橘柚的芬芳,学校前面就是一座山,我总觉得那就是地理课本上的十万大山。秋天的时候,山容澄清而微黄,蓝天显得更高了。

"媛媛,"我怀着十分的敬畏问我的同伴,"你说,教我们美术的龚老师能不能画下这座山?"

"能,他能。"

"能吗?我是说这座山的全部。"

"当然能,当然,"她热切地喊着,"可惜他最近打篮球把手摔坏了,要不然,全柳州、全世界他都能画呢!"

沉默了好一会儿。

"是真的吗?"

"真的,当然是真的。"

我望着她,然后又望着那座山,那神圣的、美丽的、深沉的秋山。

"不,不可能,"我忽然肯定地说,"他不会画,一定不会。"

那天的辩论后来怎样结束,我已不记得了。而那个叫媛媛的女孩子和我已经阔别了十几年。如果我能重见她,我仍会那样坚持的。

没有人会画那样的山,没有人能。媛媛,你呢?你现在承认了吗?

前年,我碰到一个叫媛媛的女孩子,就急急地问她,她却笑着说已经记不得住没住过柳州了。那么,她不会是你了。没

伍 怀古

有人能忘记柳州的,没有人能忘记那苍郁的、沉雄的、微带金色的、不可描摹的山。

而日子被西风刮尽了,那一串金属性的、有着欢乐叮声的日子。终于,人长大了,会念《秋声赋》了,也会骑在自行车上,想象着陆放翁"饱将两耳听秋风"的情怀了。

秋季旅行,相册里照例有发光的记忆,还记得那次倦游回来,坐在游览车上。

"你最喜欢哪一季呢?"我问芷。

"秋天。"她简单地回答,眼睛里凝聚了所有美丽的秋光。

我忽然欢欣起来。

"我也是,啊,我们都是。"

她说了许多秋天的故事给我听,那些山野和乡村里的故事。她又向我形容那个她常在它旁边睡觉的小池塘,以及林间说不完的果实。

车子一路走着,同学沿站下车,车厢里越来越空了。

"芷,"我忽然垂下头,"当我们年老的时候,我们生命的同伴一个个下车了,座位慢慢地稀松了,你会怎样呢?"

"我会很难过。"她黯然地说。

我们在做什么呢?芷,我们只不过说了些小女孩的傻话罢了,那种深沉的、无可奈何的摇落之悲,又岂是我们所能了解的?

但,不管怎样,我们一起躲在小树丛中念书,一起说梦话的那段日子是美的。

而现在，你在中部的深山里工作，像传教士一样工作着，从心里爱那些朴实的山地灵魂。今年初秋我们又见了一次面，兴致仍然那样好，坐在小渡船里，早晨的淡水河还没有揭开薄薄的蓝雾，橹声琅然，你又继续你的山林故事了。

"有时候，我向高山上走去，一个人，慢慢地翻越过许多山岭。"你说，"忽然，我停住了，发现四壁都是山！都是雄伟的、插天的青色！我吃惊地站着，啊，怎么会那样美？"

我望着你，芷，我的心里充满幸福。分别这么多年，我们都无恙，我们的梦也都无恙——那些高高的、不属于地平线上的梦。

而现在，秋在我们这里的山中已经很浓很白了。偶然落一阵秋雨，薄寒袭人，雨后常常又现出冷冷的月光，不禁生出一种悲秋的情怀。

你那儿呢？窗外也该换上淡淡的秋景了吧？秋天是怎样地适合故人之情，又怎样地适合银银亮亮的梦啊！

随着风，紫色的浪花翻腾，把一山的秋凉都翻到我的心头上来了。我爱这样的季候，只是我感到我爱得这样孤独。

我并非不醉心春天的温柔，我并非不向往夏天的炽热，只是生命应该严肃、应该成熟、应该神圣，就像秋天所给我们的一样——然而，谁懂呢？谁知道呢？谁去欣赏深度呢？

远山在退，遥遥地盘结着平静的黛蓝。而近处的木本珠兰仍香着（香气真是一种权力，可以统辖很大片的土地），溪水从小夹缝里奔窜出来，在原野里写着没有人了解的行书，它是一首小令，曲折而明快，用以描绘纯净的秋光的。

而我的扉页空着，我没有小令，只是我爱秋天，以我全部的虔诚与敬畏。

愿我的生命也是这样的，没有太多绚丽的春花、没有太多飘浮的夏云、没有喧哗、没有旋转着的五彩，只有一片安静纯朴的白色，只有成熟生命的深沉与严肃，只有梦，像一树红枫那样热切殷实的梦。

秋天，这坚硬而明亮的金属季，是我深深爱着的。

月，阙也

> **或**见或不见，花总在那里，或盈或缺，月总在那里，不要做一朝的看花人吧！不要做一夕的赏月人吧！人生在世，哪一刻不美好完满？哪一刹不该顶礼膜拜感激欢欣呢？

"月，阙也。"那是一本两千年前的文学专书的解释。阙，是"缺"的意思。

那解释使我着迷。

曾国藩把自己的住所题作"求阙斋"，求缺？为什么？为什么不求完美？

那斋名也使我着迷。

在中国的传统里，"天残地缺"或"天聋地哑"的说法几乎是毫无疑问地被一般人所接受。

在《淮南子》里，我们发现中国的天空和中国的大地都是曾经受伤的。女娲以其柔和的慈手补缀抚平了一切残破。当时，天穿了，女娲炼五色石补了天。地摇了，女娲折断了神鳌的脚爪垫稳了四极。她又像一个能干的主妇,扫了一堆芦灰,止住了洪水。

我非常喜欢中国西南部一少数民族的神话,他们说,天地是男神女神合造的。当时男神负责造天,女神负责造地。等他们各自分头完成了天地而打算合在一起的时候,可怕的事发生了:女神太勤快,她们把地造得太大,以至于跟天没办法合得起来了。但是,他们终于想到了一个好办法,他们把地折叠起来,形成高山低谷,然后,天地才虚合起来。是不是西南的崇山峻岭给他们灵感,使他们想起这则神话呢?

中国人一直相信天地也有残缺。

天地是有缺陷的,但缺陷造成了皱褶,皱褶造成了奇峰幽谷之美。月亮是不能常圆的,人生不如意事十之八九,当我们心平气和地承认这一切缺陷的时候,我们忽然发觉没有什么是不可以接受的。

在另一则中国的神话《共工怒触不周山》里,说到大地曾被共工氏撞不周山时撞歪了——从此"地陷东南",长江黄河便一路浩浩淼淼地向东流去,流出几千里的惊心动魄的风景。而天空也在当时被一起撞歪了,不过歪的方向相反,是歪向西北,据说日月星辰因此哗啦一声大部分都倒到那个方向去了。如果某个夏夜我们抬头而看,就会发现群星灼灼然的方向。就让我们相信,属于中国的天空是"天倾西北"的吧!

五千年来,我们的民族便在这歪倒倾斜的天地之间挺直脊梁骨生活下去,只因我们相信残缺不但是可以接受的,而且是美丽的。

而月亮,到底曾经真正圆过吗?人生世上其实也没有看过真正圆的东西,一张葱油饼不够圆,一块镍币也不够圆,即使是圆规画的圆,如果用高度显微镜来看也不可能圆得很完美。

真正的圆存在于理念之中,而在现实的世界里,我们只能做圆的"复制品"。就现实的操作而言,一截儿圆规上的铅笔芯在画圆的起点和终点时,已经粗细不一样了。

所有的天体远看都呈球形,但并不是绝对的圆,地球是约略近于椭圆形。

就算我们承认月亮约略的圆光也算圆,它也是"方其圆时,即其缺时"。有如十二点正的钟声,当你听到钟声时,已经不是十二点了。

此外,我们更可以换个角度看。我们说月圆月阙其实是受我们有限的视觉所欺骗。有盈虚变化的是月光,而不是月球本身。月何尝圆,又何尝缺,它只不过像地球一样不增不减的兀自圆着——以它那不十分圆的圆。

花朝月夕,固然是好的,只是真正的看花人哪一刻不能赏花?当初生的绿芽嫩嫩怯怯地探头出土时,花已暗藏在那里。当柔软的枝条试探地在大气中舒手舒脚时,花隐在那里。当蓓蕾悄然结胎时,花在那里。当花瓣怒张时,花在那里。当香销红黯委地成泥的时候,花仍在那里。当一场雨后只见满丛绿肥的时候,花还在那里。当果实成熟时,花恒在那里,甚至当果核深埋地下时,花依然在那里。

伍 怀古

或见或不见，花总在那里，或盈或缺，月总在那里，不要做一朝的看花人吧！不要做一夕的赏月人吧！人生在世，哪一刻不美好完满？哪一刹不该顶礼膜拜感激欢欣呢？

因为我们爱过圆月，让我们也爱缺月吧——它们原是同一个月亮啊！

瑕

> **完**美是难以冀求的,那么,在现实的人生里,请给我有瑕的真玉,而不是无瑕的伪玉。

付钱的时候,小贩重复了一次:

"我卖你这玛瑙,再便宜不过了。"

我笑笑,没说话,他以为我不信,又加上一句:

"真的——不过这么便宜也有个缘故,你猜为什么?"

"我知道,它有斑点。"本来不想提的,被他一逼,只好说了,免得他一直啰唆。

"哎呀,原来你看出来了,玉石这种东西有斑点就差了,这串项链如果没有瑕疵,哇,那价钱就不得了啦!"

我取了项链,尽快走开。有些话,我只愿意在无人处小心地,断断续续地,有一搭没一搭地说给自己听。

对于这串有斑点的玛瑙,我怎么可能看不出来呢?它的斑痕如此清清楚楚。

然而买这样一串项链是出于一个女子小小的侠气吧,凭什么要说有斑点的东西不好?水晶里不是有一种叫"发晶"的种类吗?虎有纹、豹有斑,有谁嫌弃过它们的皮毛不够纯色?

就算退一步说,把这斑纹算瑕疵,世间能把瑕疵如此坦然相呈的人也不多吧?凡是可以坦然相见的缺点都不该算缺点的。纯全完美的东西是神器,可供膜拜,但站在一个女人的观点来看,男人和孩子之所以可爱,正是由于他们那些一清二楚的无所掩饰的小缺点吧?就连一个人对自己本身的接纳和纵容,不也看准了自己的种种小毛病而一笑置之吗?

所有的无瑕是一样的——因为全是百分之百的纯洁透明,但瑕疵斑点却面目各自不同,有的斑痕是藓苔数点,有的是砂岸透迤,有的是孤云独去,更有的是铁索横江,玩味起来,反而令人怡然心喜。想起平生好友,也是如此,如果不能知道一两件对方的糗事,不能有一两件可笑可嘲可詈可骂之事彼此打趣,友谊恐怕也会变得空洞吧?

有时独坐细细体味"瑕"字,也觉悠然意远,"瑕"字左边的王字旁本是玉字,是先有玉才有瑕的啊!正如先有美人而后才有"美人痣",先有英雄,而后有悲剧英雄的缺陷性格。缺憾必须依附于完美,独存的缺憾岂有美丽可言,天残地阙,是因为天地都如此美好,才容得修地补天的改造的涂痕,一个"坏孩子"之所以可爱,不也正因为他在撒娇耍赖蛮不讲理之外,有属于一个孩童的纯洁了直吗?

"瑕"的右边是"叚",叚有赤红色的意思,瑕的解释是

"玉小赤",我也喜欢瑕字的声音,自有一种坦然的不遮不掩的亮烈。

完美是难以冀求的,那么,在现实的人生里,请给我有瑕的真玉,而不是无瑕的伪玉。

陆 流苏

我在酒里看到我自己,如果孔子是待沽的玉,则我便是那待斟的酒,以一生的时间去酝酿自己的浓度,所等待的只是那一刹的倾注。

陆
流苏

流苏与《诗经》

如果要我给那棵花树取一个名字,我就要叫它"诗经",它有一树美丽的四言。

三月里的一个早晨,我到台大去听演讲,讲的是"词与画"。

听完演讲,我穿过满屋子的"权威",匆匆走出,惊讶于11点的阳光柔美得无缺无憾——但也许完美也是一种缺憾,竟让人忧愁起来。

而方才幻灯片上的山水忽然之间都遥远了,那些绢,那些画纸的颜色都黯淡如一盒久置的香。只有眼前的景致真切地逼来,直把我逼到一棵开满小白花的树前,一个植物系的女孩子走过,对我说:"这花,叫流苏。"

那花极纤细,连香气也是纤细的,风一过,地上就添上一层纤纤细细的白,但不知怎的,树上的花却不见少。对一切单薄柔弱的美,我都心疼着,总担心它们在下一秒钟就不存在了，匆忙的校园里，谁肯为那些不起眼的小花驻足呢？

我不太喜欢"流苏"这样空虚的名字，听来仿佛那些都是垂挂着的。其实那些花全向上开着，每一朵都开成轻扬上举的十字形——我喜欢十字花科的花，那样简单地交叉的四个瓣，每一瓣之间都是最规矩的九十度，有一种古朴诚恳的美——像一部四言的《诗经》。

如果要我给那棵花树取一个名字，我就要叫它"诗经"，它有一树美丽的四言。

一条西裤

我永不能忘记我当时所受到的震惊,一个矮小文弱的人,却有着那样光辉而蠹然的心灵!盗贼永不能在他的国度里生存——因为借着爱心的馈赠,他已消灭了他们。

那年的夏令营真是难忘,尤其刺激的是男生的寝室被小偷光顾了。

小偷偷走了一些相机和手表,以及牧师的一条西裤。被偷的大男孩们虽然懊丧,却不免有几分兴奋,这种兴奋也染给了牧师的小女儿,她逢人便高高兴兴地嚷道:"小偷来啦!小偷偷了我爸爸的西装裤啦!"

牧师是一个极淡泊的人,失去一条西裤并不会使他质朴的衣着更见寒酸——正如多一条西裤也不至于使他华丽一样。

那天,他悄悄地把他的小女儿叫到面前,严厉地说:

"你不要乱讲,世界上并没有什么小偷,这两个字多么难听。"

"是小偷,是小偷偷去的!"

"不是,不是小偷——是一个人,只是他比我更需要那条裤子而已。"

我永不能忘记我当时所受到的震惊,一个矮小文弱的人,却有着那样光辉而蠢然的心灵!盗贼永不能在他的国度里生存——因为借着爱心的馈赠,他已消灭了他们。

衣履篇

年复一年,寒来暑往,我拣衣服的时候,总看见那像见证人似的红绒悬在那里,然后,我习惯地转眼去看孩子,我感到寂寥和甜蜜。

——人生于世,相知有几?而衣履相亲,亦凉薄世界中之一聚散也——

1. 羊毛围巾

所有的巾都是温柔的,像汗巾、丝巾和羊毛围巾。

巾不用剪裁,巾没有形象,巾甚至没有尺码,巾是一种温柔得不会坚持自我形象的东西,它被捏在手里,包在头上,或绕在脖子上,巾是如此轻柔温暖,令人心疼。

巾也总是美丽的,那种母性的美丽,或抽纱或绣花,或泥金或描银,或是织棉,或是钩纱,巾总是美得那么细腻娴雅。

而这个世界是越来越容不下温柔和美丽了,罗勃泰勒死了,史都华格兰杰老了,费雯丽消失了,取代的查理士·布朗逊，是007，是冷硬的珍·芳达和费·唐娜薇。

唯有围巾仍旧维持着一份古典的温柔，一份美。

我有一条浅褐色的马海羊毛围巾，是新春去了壳的大麦仁的颜色，错觉上几乎嗅得到麸皮的干香。

即使在不怎么冷的日子，我也喜欢围上它，它是一条不起眼的围巾，但它的抚触轻暖，有如南风中的琴弦，把世界遗留在恻恻轻寒中，我的项间自有一圈暖意。

忽有一天，我在惯行的山径上走，满山的芦苇柔软地舒开，怎样的年年芒色啊！这才发现芦苇和我的羊毛围巾有着相同的色调和触觉，秋山寂清，秋容空寥，秋天也正自搭着一条苇巾吧，从山巅绕到低谷，从低谷拖到水湄，一条古旧温婉的围巾啊！

以你的两臂合抱我，我的围巾，在更冷的日子，你将护住我的两耳，焐着我的发，你照着我的形象而委屈地重叠你自己，从左侧环护我，从右侧萦绕我，你是柔韧而忠心的护城河，你在我的坚强梗硬里纵容我，让我也有小小的柔弱，小小的无依，甚至小小的撒娇作痴，你在我意气风发飘然上举几乎要破躯而去的时候，静静地伸手挽住我，使我忽然体味到人间的温情，你使我怦然间软化下来，死心塌地留在人间。如山，留在茫茫扑扑的芦苇里。

巾真的是温柔的，人间所有的巾，以及我的那一条。

2.背袋

我有一个背袋，用四方形碎牛皮拼成的。我几乎天天背着,一背竟背了五年多。

每次用破了皮,我到鞋匠那里请他补,他起先还背,渐渐地,就好心地劝我不要太省了。

我拿它去干洗,老板娘含蓄地对我一笑,说:"你大概很喜欢这个包吧?"

我说:"是啊!"

她说:"怪不得用得这么旧了!"

我背着那包,在街上走着,忽然看见一家别致的家具店,我一走进门,那闲坐无聊的女子忽然迎上来,说:

"咦,你是学画的吧?"

我坚决地摇摇头。

不管怎么样,我舍不得丢掉它。

它是我所有使用过的皮包里唯一可以装得下一本《辞源》,外加一个饭盒的,它是那么大,那么轻,那么强韧可信。

在东方,囊袋常是神秘的,背袋里永远自有乾坤,我每次临出门把那装得鼓胀的旧背袋往肩上一搭,心中一时竟会百感交集。

多少钱,塞进又流出,多少书,放进又取出,那里面曾搁入我多少次午餐用的面包,又有多少信,多少报纸,多少学生的作业,多少名片,多少婚丧喜庆的消息在其中伫足而又消失。

一只背袋简直是一段小型的人生。

你好吗

曾经,当孩子的乳牙掉了,你匆匆将它放进去;曾经,山径上迎面栽跌下一枚松果,你拾了往袋中一塞。有的时候是一叶青檄,有的时候是一捧贝壳,有的时候是身份证、护照、公车票,有的时候是给那人买的袜子、熏鸡、鸭肫或者阿司匹林。

我爱那背袋,或者是因为我爱那些曾经真真实实发生过的生活。

背上袋子,两手都是空的,空了的双手让你觉得自在,觉得有无数可以掌握的好东西,你可以像国画上的隐士去执杖而游,你可以像英雄擎旗而战,而背袋不轻不重地在肩头,一种甜蜜的牵绊。

夜深时,我把整好的背袋放在床前,爱怜地抚弄那破旧的碎片,像一个江湖艺人在把玩儿陈旧的行头,等待明晨的冲州撞府。

明晨,我仍将背上我的背袋去逐明日的风沙。

3.穿风衣的日子

香港人好像把那种衣服叫成"干湿楼",那实在也是一个好名字,但我更喜欢这样的叫法——风衣。

每次穿上风衣,我都莫名其妙地异样起来,不知为什么,尤其刚扣好腰带的时候,我在错觉上总怀疑自己就要出发去流浪。

穿上风衣,只觉风雨在前路飘摇,小巷外有万里未知的路在等着,我有着一缕(蓑)烟雨任平生的莽莽情怀。

穿风衣的日子是该起风的，不管是初来乍到，还不惯于温柔的春风，或是绿色退潮后寒意陡起的秋风。风在云端叫你，风透过千柯万叶以苍凉的颤音叫你，穿风衣的日子总无端地令人凄凉——但也因而无端地令人雄壮：

穿了风衣，好像就该有个故事要起头了。

必然有风在江南，吹绿了两岸，两岸的杨柳帷幕……

必然有风在塞北，拨开野草，让你惊见大漠的牛羊……

必然有风像旧戏中的流云彩带，圆转柔和地圈住那海棠残叶。

必然有风像歌，像笛，一夜之间遍洛城。

曾翻阅汉高祖的白云的，曾翻阅唐玄宗的牡丹的，曾翻阅陆放翁的大散关的，那风，今天也翻阅你满额的青发，而你着一袭风衣，走在千古的风里。

风是不是天地的长噎？风是不是大块血气涌腾之际搅起的不安？

风鼓起风衣的大翻领，风吹起风衣的下摆，唰唰地打我的腿。我矍然四顾，人生是这样辽阔，我觉得有无限邈远的天涯在等。

4.旅行鞋

那双鞋是麂皮的，黄铜色，看起来有着美好的质感，下面是软平的胶底，足有两厘米厚。

鞋子的样子极笨，秃头，上面穿鞋带，看起来牢靠结实，好像能穿一辈子似的。

想起"一辈子",心里不免怆然惊,但惊的是什么,也说不上来,一辈子到底是什么意思,半生又是什么意思?七十年是什么?多于七十或者少于七十又是什么?

每次穿那鞋,我都忍不住问自己,一辈子是什么,我拼命思索,但我依然不知道一辈子是什么。

已经四年了,那鞋秃笨厚实如昔,我不免有些恐惧,会不会,有一天,我已老去,再不能赴空山灵雨的召唤,再不能一跃而起,前赴五湖三江的邀约,而它,却依然完好?

事实上,我穿那鞋,总是在我心情最好的时候,它是一双旅行鞋,我每穿上它,便意味着有一段好时间、好风光在等我,别的鞋底惯于踏一片黑沉沉的柏油,但这一双,踏的是海边的湿沙,岸上的紫岩,它踏过山中的泉涧,蹀尽林下的月光。但无论如何,我每见它时,总有一丝怅然。

也许不为什么,只为它是我唯一穿上以后真真实实去走路的一双鞋,只因我们一起踩遍花朝月夕万里灰沙。

或穿或不穿,或行或止,那鞋常使我惊奇。

5. 牛仔长裙

牛仔布,是当然该用来做牛仔裤的。

穿上牛仔裤显然应该属于另外一个世界,但令人讶异的是牛仔布渐渐地不同了,它开始接受了旧有的世界,而旧世界也接受了牛仔布,于是牛仔短裙和牛仔长裙出现了。原来牛仔布也可以是柔和美丽的,牛仔马甲和牛仔西装上衣,牛仔大衣也出现了,原来牛仔布也可以典雅庄重的。

我买了一条牛仔长裙,深蓝的,直拖到地,我喜欢得要命。旅途中,我一口气把它连穿七十天,脏了,就在朋友家的洗衣机里洗好、烘好,依旧穿在身上。

真是有点疯狂。

可是我喜欢带点疯狂时的自己。

所以我喜欢那条牛仔长裙,以及穿长裙时的自己。

对旅人而言,多余的衣服是不必的,没有人知道你昨天穿什么,所以,今天,在这个新驿站,你有权利再穿昨天的那件,旅人是没有衣橱、没有衣镜的,在夏天,旅人可凭两衫一裙走天涯。

假期结束时,我又回到学校,牛仔长裙挂起来,我规规矩矩穿我该穿的衣服。

只是,每次,当我拿出那条裙子的时候,我的心里依然涨满喜悦,穿上那条裙子我就不再是母亲的女儿或女儿的母亲,不再是老师的学生或学生的老师,我不再有任何头衔。我也不是别人的妻子,不管那一百三十平方米的公寓。

牛仔长裙对我而言渐渐变成了一件魔术衣,一旦穿上,我就只是我,不归于任何人,甚至不隶属于大化,因为当我一路走,走入山,走入水,走入风,走入云,走着,走着,事实上竟是根本把自己走成了大化。

那时候,我变成了无以名之的我,一径而去,比无垠雪地上身披猩红斗篷的宝玉更自如,因为连左右的一僧一道都不存在。我只是我,一无所系,一无所属,快活得要发疯。

只是,时间一到,我仍然回来,扮演我被同情或羡慕的角色,我又成了有以名之的我。

我因此总是用一种异样的情感爱我的牛仔长裙——以及身系长裙时的自己。

6.项链

温柔之必要

肯定之必要

那句话是痖弦说的。

一点点酒和木樨花之必要

项链,也许本来也是完全不必要的一种东西,但它显然又是必要的,它甚至是跟人类文明史一样长远的。

或者是一串贝壳、一枚野猪牙,或者是埃及人的黄金项圈,或者是印第安人天青色的石头,或者是中国人的珠圈玉坠,或者是罗马人的古钱,以至于土耳其人的宝石……项链委实是一种必要。

不单项链,一切的手镯、臂钏,一切的耳环、指环、头簪和胸针,都是必要的。

怎么可能有女孩子会没有一个小盒子呢?

怎么可能那个盒子里会没有一圈项链呢?

田间的番薯叶,堤上的小野花,都可以是即兴式的项链。而做小女孩的时候,总幻想自己是美丽的,吃完了释迦果,黑褐色的种子是项链,连爸爸抽完了烟,那层玻璃纸也被扭成花样,穿成一环,那条玻璃纸的项链终于只做成半串,爸爸的烟抽得太少，而我长大得太快。

渐渐地，也有了一盒可以把玩儿的项链了，竹子的、木头的、石头的、陶瓷的、骨头的、果核的、贝壳的、镶嵌玻璃的，总之，除了一枚值四百元的玉坠，全是些不值钱的东西。

可是，那盒子有多动人啊！

小女儿总是瞪大眼睛看那盒子，所有的女儿都曾喜欢"借用"妈妈的宝藏，但她们真正借去的，其实是妈妈的青春。

我最爱的一条项链是骨头刻的（刻骨两个字真深沉，让人想到刻骨铭心，而我竟有一枚真实的刻骨，简直不可思议），以一条细皮革系着，刻的是一个拇指大的襁褓中的小娃娃，圆圆扁扁的脸，可爱得要命。买的地方是印第安村，卖的人也说刻的是印第安婴儿，因为只有印第安人才把娃娃用绳子绑起来养。

我一看，几乎失声叫起来，我们中国娃娃也是这样的呀，我忍不住买了。

小女儿问我那娃娃是谁，我说：

"就是你呀！"

她仔细地看了一看，果真相信了，满心欢喜兴奋，不时拿出来摸摸弄弄，真以为就是她自己的塑像。

我其实没有骗她，那骨刻项链的正确名字应该叫作"婴儿"，它可以是印第安婴儿，可以是中国婴儿，可以是××婴儿，它可以是任何人的儿子、女儿，或者它甚至可以是那人自己。

我将它录胸而挂，贴近心脏的高度，它使我想到"彼亦人子也"，我的心跳几乎也因此温柔起来，我会想起孩子极幼小的时候，想起所有人类的襁褓中的笑容。

挂那条项链的时候，我真的相信，我和它，彼此都美丽起来。

7. 红绒背心

那件红绒背心是我怀孕的时候穿的，下缘极宽，穿起来像一口钟。

那原是一件旧衣，别人送给我的，一色极纯的玫瑰红，大口袋上镶着一条古典的花边。

其他的孕妇装我全送人了，只留下这一件舍不得，挂在贮藏室里，它总是牵动着一些什么，藏伏着一些什么。

怀孕日子的那些不快不知为什么，想起来都模糊了，那些疼痛和磨难竟然怎么想都记不真切，真奇怪，生育竟是生产的人和被生的人都说不清楚过程的一件事。

而那样惊天动地的过程，那种参天地之化育的神秘经验，此刻几乎等于完全不存在了，仿佛星辰，我虽知道它在亿万年前成形，却完全不能重复那份记忆，你只见日升月恒，万象回环，你只觉无限敬畏。世上的事原来是可以在混沌愕然中成其为美好的。

而那件红绒背心悬在那里，柔软鲜艳，那样真实，让你想起自己怀孕时期像一块璞石含容一块玉的旧事。那时，曾有两脉心跳，交响于一副胸膛之内——而胸膛，在火色迸发的红绒背心之内。对我而言,它不是一件衣服,而是孩子的"创世记",我每怔望着它,就重温有小胎儿的腹中来不及地膨胀时的力感。

那时候,作为一名孕妇,怀着的竟是一个急速增大的银河系。真的,那时候,所有的孕妇是宇宙,有万种庄严。

而孩子大了,在那里自顾自地玩儿着他的集邮册或彩色笔。年复一年,寒来暑往,我拣衣服的时候,总看见那像见证人似的红绒悬在那里,然后,我习惯地转眼去看孩子,我感到寂寥和甜蜜。

8.花鸟门额

萧给我做了一件礼服,大红,当胸一幅花鸟绣。

我爱极了那件衣服,差不多到了不敢穿的程度。那花鸟是他祖母的老古董,当年是挂在新娘门额上的,有一种快要溢出来的凡俗的喜气。

那是我们带团出门前夕他巴巴地赶着送来的,那幅绣花他剪作两块,一块给他的新婚妻子,一块给我。

"你这次出去,说不定会遇上应酬场合,外国人的礼服式样太多了,"他说,"一个比一个漂亮,但是,只要你有一块绣花,你就赢了。"

那夜,我哪有心情看礼服,我忙着站在锅炉前熬到凌晨五点,把表演用的衣服一一染好,他抱了回家去烘干,我抢时间睡了两个小时,七点钟他回来把烘好的一大包衣服塞给我,我跳上车直奔桃园机场,一路抱着那刚烘好的热衣服上飞机——

并且就那样一路抱着,绕了一整个地球。

我每在衣橱里摸摸那件衣服,一件件事情便来到眼前,我这半生到处的友谊和真情有多么多啊,萧所给我的,岂只是一件礼服呢?

贴近我的心胸,当我呼吸时,让我感觉你古典花鸟的细腻和繁复,让我听见你柔和的鸣声,看见你安详地低飞,每件衣服都牵扯起许多联想、许多回忆,我会忽然感到自己尊贵美好,像过新年时的孩子——只因我穿着一件尊贵美好的衣服。

9.油纸伞

我有时会忘记,竟会将那把伞看成一件衣服。

那天我在泰国街头逛庙,忽然,下了雨,我顺手买了一把油纸伞。

那些庙宇,都有一个尖斜的金黄色的顶,而我,撑着伞,走在众庙宇之间,我的伞也给了我一个尖斜的土黄色的顶,我俨然也是一座辉煌的会行走的殿堂。

经典上说:"我是上帝的殿堂。"

天神如果有居所,那居所必是人心,而不是泥瓦土砖雕梁画栋间的所谓殿堂。

衣服蔽我,伞蔽我衣,在异国的雨季里,伞给我一片干燥。我没有办法不承认它也是一件衣服。

回国后,我把它吊在前廊,或晴或雨,我不时把它撑开来,看看,再收起。我仍然呆里呆气地在想,它实在并不是一件衣服,但我实在又觉得它是,如果它是一顶斗笠,也许比较说得过去。但斗笠其实是戴在额上的伞，而伞，其实是撑在手里的斗笠。别的伞也许不算衣服，但这一把，我们曾如此相倚走过一段陌生的旅途的，总应该是吧。

这样想着，我又满心贴切地把它归入我的衣服类里去了。

你好吗

盒子

而终于人生一世，善舞的，舞低了杨柳楼心的皓月；善战的，踏遍了沙场的暮草荒烟；善诗的，惊动了山川鬼神；善于聚敛的，有黄金珠玉盈握……而至于他们自己的一介肉身，却注定是抛向黄土的一具盒子。

过年，女儿去买了一小盒她心爱的进口雪藏蛋糕。因为是她的"私房点心"，所以她很珍惜，每天只切一小片来享受，但熬到正月十五元宵节，也终于吃完了。

黄昏灯下，她看着空空的盒子，恋恋地说："这盒子，怎么办呢？"

我走过去跟她一起发愁，盒子依然漂亮，是用闪烁生辉的金属薄片制成的。但这种东西目前不回收，而且，蛋糕又已吃完了……

"丢了吧！"我狠下心说。

"丢东西"这件事，在我们家不常发生。因为总忍不住惜物之情。

"曾经装过那么好吃的蛋糕的盒子呢！"女儿用眼睛继续看着余芳犹存的盒子，像小猫用舌头一般。

"装过更好的东西的盒子也都丢弃了呢！"我说着说着就悲伤愤怒起来，"装过莎士比亚全部天才的那具身体不是丢弃了吗？装过王尔德、装过撒母耳·贝克特、装过李贺、装过苏东坡、装过台静农的那些身体又能怎么样？还不是说丢就丢！丢个盒子算什么？只要时候一到，所有的盒子都得丢掉！"

那个晚上，整个城市华灯高照，在节庆的日子里，我却偏说些不吉利的话——可是，生命本来不就是那么一回事吗？

曾经是一段惊人的芬芳甜美，曾经装在华丽炫目的盒子里，曾经那么招人爱，曾经令人欣羡垂涎，曾经傲视同侪，曾经光华自足……而终于人生一世，善舞的，舞低了杨柳楼心的皓月；善战的，踏遍了沙场的暮草荒烟；善诗的，惊动了山川鬼神；善于聚敛的，有黄金珠玉盈握……而至于他们自己的一介肉身，却注定是抛向黄土的一具盒子。

"今晚垃圾车来的时候，记得要把它丢了，"我柔声对女儿说，"曾经装过那么好吃的蛋糕，也就够了。"

仗美执言

我为碧华喜,但更为可以产生碧华的社会喜,为艺术上英雄四起开疆拓土的鹰扬时代喜,为传统可楔入现代喜,更为自己可以看到好东西的权利窃喜。

我想,开始的时候,她自己也不知道后来会走得那样远。

就像嫘祖,偶然走到树下,偶然看见闪闪发光的茧,听到微风拨划万叶的声音,她惊奇地伸手摘下那枚洁白如雪,凝练如蕾的椭圆形,然后拉开它,伸展它,才发现那是一缕长得说也说不完的故事。她并不知道自己已经扯出了一种叫"丝"的东西,她更不知道整个族人将因而产生一部丝的文化,并且因而会踏出一条绕过半个地球的"丝路"——她只知道那棵碧绿的好桑树,长在一个温暖柔和的好春天。树上有一枚银亮包容无限的茧,她哪里知道那样轻柔细微的一纤,竟能坚韧得足以绾住一部历史。

又如另一个不知名的先民,在一个露水犹湿的清晨来到黄河边。听见水鸟婉转和鸣,一时兴起,便跟着学叫一声:"关——关——"

水鸟傻傻地应了一声,他顽皮地再学一声。忽然,他发现那"关"字是多么圆柔婉艳。

"关关。"他说。

"关关雎鸠。"他说,忽然,他知道那是一个好句子。

"关关雎鸠,"他继续念,而水鸟在沙洲上,沙洲在河上,并且由于春草萋萋,看来轻而蓬松,仿佛随时都会顺流漂走。

唉,这样简单,一条河,一个春天,河上一夜之间绿透半实半虚的沙洲,洲上半隐半现的水鸟,以及一个看见这一切的又欢喜又悲切的自己。他觉得有话冲到嘴边,就照直说了出来:"关关雎鸠——在河之洲。"

他并不知道那就是诗,他只想把春天早晨听到看到的说出来罢了。然而,他却吟出了一首诗,从一条河开始。

初识碧华,只知她是诗人罗青的妻子。而"诗人的妻子"这一职份,恐怕已经是负累颇重的名衔了。我一时也没注意她本人。后来在1982年我为泰北难民筹款,办了"作家小手艺义卖",她拿出一些精致的刺绣首饰,才真正把大家吓了一跳。1986年再次展出,作品更见丰美,最近她把心得和作品结成集子,一页页掀开,只觉是一幅幅有插图的诗集——或者说,有说明的画册,歆羡之余,很愿意为她"仗美执言"。

碧华和丝线的因缘其实也很偶然。那年,她母亲出国,留

你好吗

一盒丝线给她，那大概是她第一次惊艳吧？中国人的色彩表现最早可见于彩陶，至于文字方面的记载，则见于《尚书》："以五采彰施于五色的，作服，汝明。"可见早期的色彩是和丝线连在一起的，彩色丝线的绚丽艳泽足以用来调剂单色的布，进而可以区别官阶军种，算得上是源远流长了，碧华爱上的那盒丝线，溯其源竟可以上接五千年前中国人对蚕丝爱悦流盼的目光。

碧华拿起针来，描摹之际，竟不知不觉便做出类似香包的小手艺，香包其实正是远古时代农耕社会初夏时日的好心情，新嫁的女子，在第二年端午节，照例要做些香包分送族人，特别是小孩子，往往可以像"佩六国相印"般带着婶婶、嫂嫂、姊姊等人的不同香包。名为辟邪，其实自有手艺高下巧拙的比较，而新嫁娘的手艺一向是大家争看的焦点。碧华初试手艺时，心情亦如新嫁娘吧？分给大家围观传阅的时候，心情亦不过是节庆期间的一团喜气吧？

但缝着缝着，一针一线之余，她竟缝出自成一格的刺绣首饰来。世上的首饰虽然有金有银有铜有锡有珠有玉，有各种钻石宝石，且有玻璃、陶瓷、种子、木头、骨头、牙齿……但要找一条精致的刺绣首饰却必须到碧华的工作间去——这件事，开头的时候，我敢说，碧华自己是一点也不知道的，她只是觉得丝线鲜活美丽，她只是知道把两根丝线放在一起会比一条更鲜活美丽，线线相叠，不经意间就这样竟撞出一番乾坤来了。

我看碧华作品的心情，也如端午节小儿伸手讨新嫁娘的香包,挂在身上,无限喜悦——为那一手生香活色的好针线,为村社间的好年成好节景好兴致,为玩儿着玩儿着不知不觉开了宗创了业的潇洒。

细赏碧华作品,或仿战国玉器,莹润温婉。或拟印度色彩,幽艳玄秘。或作螭蛟腾云或成花团锦簇。其心思之至于致密,品位之淳雅,用色用针之能宏肆能守成,都令人惊喜错愕不已。

如果碧华一开始就立好计划,打出旗号,拟定十年工作进度表,要把自己塑造成一位"现代化刺绣首饰制作人",当然也没有什么不好。但我更喜欢她目前的程序,是不知不识间拈起一根属于母亲的丝线——然后再拈起另一根。色与色相授,神与形相接。她在不能自持的情况下,一步步陷入困惑和奋扬,作品在梦中涌现,在冥思中成长,复在静定中一针一缕地完成。

我为碧华喜,但更为可以产生碧华的社会喜,为艺术上英雄四起开疆拓土的鹰扬时代喜,为传统可楔入现代喜,更为自己可以看到好东西的权利窃喜。

一番

看得出来他深爱妻小,对自己的事业也很投入,但他脸上的落寞令我不忍。大概,每个人总有一个角落是留给自己的,那个角落,连爱情也无法将它填满。

让我话从两头说起。

有一年,我带孩子去日本玩儿。八月底九月初的天气,早晨薄凉,于是叫儿子穿件套头毛衣出去。不料逛到浅草一带,太阳出来了,忽然之间天气又恢复为夏日,孩子热得受不了,我只好打破旅行不购物的原则,想去小店里为他买一件白色圆领T恤。但实际买到的是一件草绿色T恤,那绿色像军装的绿色,胸前印有两个橘色大字:一番。

一番?我有点儿吃惊,一番什么?一番春梦?一番爱情?总之,不管是什么,也只是走过一番罢了。

后来儿子飞快地长大了,这件草绿色文字印花T恤他再也穿不上,我只好捡来自己穿。

故事的另一端是我有个香港朋友，一次赴日本开会，他因业务需要带着他的女秘书同行。不料这位女秘书到日本后很快便跟一位日本男孩热恋起来。会开完了，男孩竟抛开学业跟她回到香港，女秘书当然也就辞职结婚去了。

男孩没有学历，在香港又举目无亲，两人便转到澳门去做导游，专做日本观光客的生意。后来他们还生了孩子，算是恩恩爱爱的一对夫妻。

有一天，这位朋友带我去澳门玩儿，加上他的公司员工，浩浩荡荡一队人马。到了澳门，他想起从前那位女秘书，便打电话叫他们一家也来聚聚，于是这对夫妻便抱着孩子前来赴宴。

那天，我身上正穿着那件"一番"衫。朋友介绍之后，日本男孩盯着我看了一会儿，欲言又止，忍住什么似的，终于没有说话。

宴席快吃完了，男孩向我举杯，并且结结巴巴地开了口："你这件T恤，有没有多的一件？如果有，可不可以让给我？如果没有，可不可以就把这件让给我？这件T恤让我想起家来。"

我摇摇头，这件衣服有我和儿子的共同记忆，我舍不得卖它。男孩也很知趣，不再说什么。

我乘机问他"一番"在日本是什么意思，他说是"第一"的意思。我哑然失笑，原来不是指人生的一番历练。

那天晚上的饭局，他的脸上写满了落寞。

看得出来他深爱妻小，对自己的事业也很投入，但他脸上的落寞令我不忍。

大概，每个人总有一个角落是留给自己的，那个角落，连爱情也无法将它填满。

陆流苏

酿一坛酒

那时候我多想大声告诉它:"是啊,你猜对了,我也是酒,酝酿中,并且等待一番致命的倾注!"春天,柠檬还没有上市,我就赶不及地做了两坛柠檬酒。

封坛的那天,心情极其慎重,我把那未酿成的汁液谛视良久,终于模糊地搞清楚自己为什么那么急、那么疯。

理由之一,是自己刚从国外回来,很想重新拥有一份本土的芳醇。记得有一天,起得很早,只为去小店里喝一碗豆浆,并且吃那种厚实的菱形烧饼,或者在深夜到合适的露天店里吃一份烤味噌鱼的夜宵。

每走在街上,两侧是复杂而"多元化"的食物的馨香。多么喜欢看见蒙古烤肉在素食店的隔壁,多么喜欢意大利饼和饺子店隔街对望,多么喜欢汉堡和四神汤各有其食客。对我而言,这种尊重各种胃纳的世界几乎就是大同世界的初阶了。

爱一个地方的方法极多,其中最简单而又直接的方法之一是"吃那个地方的食物"。对我而言,每一种食物都有如榴梿——那里的华人相信,只有爱上那种异味的人,才会真正甘心在那里徘徊流连。

酿一坛酒就是把本土的糖、红标米酒和芳香噗人的柠檬搅和在一起,等待时间把它凝定成自己本土的气味。

理由之二,是由于酿一坛酒的过程几乎觉得自己就是一个雏形的上帝——因为手中有一项神迹正在进行。古人以酒礼天,以酒奠亡灵,以酒祝婚姻,想必即是因为每一坛酒都是一项奥秘、一种介乎可成与可败之间、介乎可掌握与不可掌握之间的万般可能。

凡人如我,怎么可能"参天地之化育""缔造化之神功"?但亲手酿一坛酒却庶几近之。那时候你会回到太古,《创世记》才刚写下第一行,整个故事呼之欲出,一支笔蓄势待发,整张羊皮因等待被书写一段情节而无限地舒伸着……

理由之三,是由于酒是一种"时间的艺术",家中有了一坛初酿的酒,岁月都因期待而变得滉漾不安乃至美丽起来。

人虽站在厨房的油烟里,眼睛却望着那坛酒,如同望着一个约会,我终于断定自己是一个饮与不饮都不重要的半吊子饮者。

对我而言重要的反而是那份"期待的权利",在微微的焦灼、不耐和甜蜜感中,我日复一日隔着玻璃凝视封口之内的酒的世界。仅仅只需着手酿一坛酒,居然就能取回一个国籍——在名为"希望"的那个国度里,世间还有比这种投资更划得来的事吗?

想当年那些绍兴人,在女儿一出世的时候便做下许多坛米酒埋在地窖里,好等女儿出嫁时用来待客,那期间有多么深婉的情意啊!那酒因而叫"女儿红",真是好得不能再好的名字,令人想起桃花之坞,想起新荷之塘,想起水上琴弦以及故意俯身探到窗前来的月光,一样使人再多一丝触想便要成泪。

想那些酿酒的母亲,心情不知是如何的?当酒色初艳,母亲的心究竟是乍喜抑或是乍悲?当女儿的头发愈来愈乌黑浓密,发下的脸愈来愈灿若流霞,大自然中一场大酝酿已经完成。酒已待倾,女儿正待嫁,待倾之酒明丽如女子的情泪,待嫁之女亦芳醇如乍启的潋滟,当此之时,做母亲的心情又是怎样的?

而我的柠檬酒并没有这等的"严重性",它仅仅是六个礼拜后便可一试的浅浅的芳香。没有那种大喜大悲的沧桑,也不含那种亦快亦痛的宕跌——但也许这样更好一点,让它只是一桩小小的机密,一团悠悠的期待,恰如一沓介于在乎与不在乎之间,可发表亦可不发表的个人手稿。

酿一坛酒使我和"时间"处得更好,每一个黄昏,当我穿过市声与市尘回到这一小方宁馨的所在,我会和那亲爱的酒坛子打一声招呼说:"嗨,你今天看起来比昨天更漂亮了!"

拥有一坛酒的人把时间残酷的减法演算成了仁慈的加法。

这样看来一坛酒不只是一坛饮料,也是一件法器,一旦有了它，便可以玩儿出一套奇异的法术：让一切的消失反身重现，让一切的飞逝反成增加。拥有一坛酒的人是古代的史官，站在日日进行的情节前，等待记录一段历史的完成。

理由之四，是可以凭此想起以前的乃至以后的和此酒有关的友人，这样淡薄的饮料虽不值识者一笑，却也是许多欢聚中的一抹颜色，朋友的幽默，朋友的歌哭，朋友的睿智，乃至于他们的雄辩和缄默，他们的激扬和沉潜，他们的洒脱和质朴，都在松子色的酒光里一一重现。

酒在未饮之前是神奇的预言书，在既饮之后则又是耐读的历史书。沿着酒杯的矿苗挖下去，你或者掘到朋友的长歌，或者触到朋友的泪痕，至少，你也会碰到朋友的恬淡——但无论如何你总不会碰到"空白"。如此说来，还不该酿一坛酒吗？

理由之五，非常简单——我在酒里看到我自己，如果孔子是待沽的玉，则我便是那待斟的酒，以一生的时间去酝酿自己的浓度，所等待的只是那一刹的倾注。

安静的夜里，我有时把玻璃坛搬到桌上，像看一缸热带鱼一般盯着它，心里想，这奇怪的生命，它每一秒钟的味道都和上一秒钟不同呢！一旦身为一坛酒，就注定是不安的，变化的，酝酿的。如果酒也有知，它是否也会打量皮囊内的我而出神呢？它或者会想："那皮囊倒是一具不错的酒坛呢！只是不知道坛里的血肉能不能酝酿出什么来？"

那时候我多想大声地告诉它："是啊，你猜对了，我也是酒，酝酿中，并且等待一番致命的倾注！"

也许酿一坛酒,在四月,是一件好得根本可以不需要理由的事,可是,我恰好捡到一堆理由,特别记述如上,提供作为下次想酿酒时的借口。

烧窑的用破碗

> **在**满窑成功完好的件头中，我是谁？我只愿意是那只瑕疵明显的歪碗啊！只因残陋，所以甘心守着旧窑和故主，看每一个同伴找到买主，让每一种功能满足每一种市场；而我是眷眷然留下来的那一只，因为不值得标价，而成为无价。

　　小时候，听人说"烧窑的用破碗"，懵然不知道是什么意思。

　　渐渐长大才知道世间竟真是如此，用破碗的，还不只是窑户哩！完美的瓷，我是看过的。宋瓷的雅拙安详、明瓷的华丽明艳，都是今人难得一见的绝色，然而导游小姐冷静地转过头来说："这样一件精品，一窑里也难得出一个，其他效果不好的就都被打烂了！"

　　大概因为是官窑吧，所以惯于在美的要求上大胆过分，才敢如此狂妄地要求十全十美，才敢和造化争功。宫里的瓷器原来也是"一将功成万骨枯"啊！我每隔着冷冷的玻璃，看那百分之百的无憾无瑕，不免微微惊怖起来——每一件精品背后，都隐隐堆着小冢一般尖锐而悲伤的碎片啊！而民间的陶瓷不会如此，民间的容器不是案头清供，它们总有一定的用途。一只花色不匀称的碗，一把烧出小疙瘩的酒壶都仍有生存权，只因能用。凡能用的就可以卖，凡能卖的就可以运到市场上去。每次窑门打开，一时间七手八脚，窑顷刻间被搬空了。窑大约是世上最懂得炎凉滋味的一位了，从极热闹、极炽烈到极寂寞、极空无——成器的成器，成形的成形，剩下来的是陶匠和空窑相对而立，仿佛散戏后的戏子和舞台，彼此都亦真亦幻起来。

设想此时正在套车准备离去的陶瓷贩子眼尖，忽然叫了一声："哎！老王呀，这只碗歪得厉害呀，你自己留下吧！拿去可怎么卖呀，除非找个歪嘴的买主！"

那个叫老王的陶匠接过碗来，果真是个歪碗哩！是拉坯的时候心里惦着老母的病而分了神吗？还是进窑的时候么儿在一边吵着要上学而失手碰撞了呢？反正是只无可挽回的坏碗了，不会有买主的，留下来自己用吧！不用怎么办？难不成打破吗？好碗自有好碗的造化，只是歪碗也得有人用啊！

捏着一只歪碗的陶匠，面对空空的冷窑，终于有了一点落实的证据——具体而留有微温，仿佛昨日的烈焰仍未退尽。

在满窑成功完好的件头中，我是谁？我只愿意是那只瑕疵明显的歪碗啊！只因残陋，所以甘心守着旧窑和故主，看每一个同伴找到买主，让每一种功能满足每一种市场；而我是眷眷然留下来的那一只，因为不值得标价，而成为无价。

世事多半如此吗？守着年老父母的每每是那个憨愚老实的

儿子。对于那个把一窑的碗盘都卖掉的陶匠,我便是他朝夕不舍的歪碗,或饮水,或饮粥,或注酒,或服药,我是他造次颠沛中的相依。他或者知道,或者并不知道,或者感激,或者物我归———也并不甚感激,我却因而庄严端贵如唐三藏大漠行脚时手捧的御赐紫金盂。

陆
流
苏

那一锅肉

我觉得累,怔怔出神,事情怎么会这样呢?这么好的早晨,这么好的肉汤,最后怎么会落得个如此这般的下场呢?

云很淡,风很轻,一阵香息拂面吹来。

什么香?身为都市人,大概很难闻到什么花香吧?我闻到的是肉香。假日无事,虽有一身稿债,却也练就了"债多不愁"的本事。所以心中颇有余闲,可以静静欣赏不花钱的阳光和肉香。秋天的阳光像餍食后的花豹,冷冷地坐着。寡欲的阳光啊,不打算攫获,不打算掠食,那安静的沉稳如修行者的阳光。

我竟不知道肉香原来也可以如此飘逸清鲜的,想来,是某家邻居在清炖肉汤吧?红烧肉浓郁厚腴,是重浊派。这肉汤却如隔岸黍稷初熟,近乎植物,是清新派。仔细闻,还加了葱姜,是古人说的辛暖的气味。

如果这肉汤是我自己煮的,恐怕心情就没这么好了,我会紧张兮兮地调好闹钟,唯恐过时。现在,由于事不关己,我什么都不用管,只管欣赏那好闻的味道。更好的是不知为什么,这么美妙的肉香竟也不刺激我的食欲,我只纯纯地欣赏,远远地欣赏,像女孩看女孩的美,只顾赞叹,却并不想拥有。

我甚至慢慢揣想,是猪肉吗?嗯,好像是。是哪一块呢?也许是一整块腿肉吧?那主人不知是何方人士,如果是四川人,这块肉说不定等下便捞出来再炒一道回锅肉;如果是闽南人,便切片作白切肉蘸酱油吃;如果是浙江人,便加上咸肉竹笋煮个"腌笃鲜"。

不知怎么回事,我简直和那锅肉汤对起话来,一锅肉里其实也有好多故事的。都市生活,邻居难得交谈一言半语,但肉香例外,它算是合法地闯入,你却可以因而享受别人送上门来的隐私。可是,且慢,事情有了变化,刚才明明是清炖,现在却忽然多了酱油和五香的气味,也许这改变原是计划中事,但我却不免有几分怅然。其实红烧肉的味道也不错,只是这番乍变,却把月下的一笛幽凉添成了交响乐团,众音纷至沓来,富丽热闹之余,也就注定有些东西要消失吧?

红烧肉的气味十分霸道,想不闻都不行,如此闻了一阵,心里隐隐觉得有些什么不对。呀!糟了,那肉开始焦了,其实初焦的味道不算难闻,甚至带些烟熏火燎的人间气息,据说人类就是在森林大火之后才发现烤鸡烧羊的美味。直到今天,微焦的锅巴对我仍是诱惑,此外一切微焦,如葱油饼如西点所带的那一点黄脆都香酥怡人,但这"焦"亦如感情,一过头便粉身碎骨,焦土一片。

愈来愈焦苦了,那锅肉。

那主人去了哪里?是去接电话或不慎睡着了?或者,更糟,他竟出门去了?

接下来的问题更大了,这已经不是好闻难闻的问题了,我开始担心火灾,但现在就去打119请求救火,是不是也小题大做了点?

焦味渐渐稳住,看来那锅肉是完了,但不致失火也就算是大幸了。

我觉得累,怔怔出神,事情怎么会这样呢?这么好的早晨,这么好的肉汤,最后怎么会落得个如此这般的下场呢?

啊!我在干什么,只不过一个秋日的早晨,只不过是不知哪一家的厨房肉焦事件,我难道打算因而悟道不成?

你好吗

正在发生

但愿我们的城市也充满"正在发生"的律动,例如一棵你看着它长大的树,一片逐渐成了气候的街头剧场,无论什么事……亲自参与了它的发生过程,总是动人的。

去菲律宾玩,游到某处,大家在草坪上坐下,有侍者来问,要不要喝椰汁,我说要。

只见侍者忽然化身成猴爬上树去,他身手矫健,不到两分钟,他已把现摘的椰子放在我面前,洞已凿好,吸管也已插好,我目瞪口呆。

又有一次,中午进一家餐厅,点了鱼——然后我就看到白衣侍者跑到庭院里去,在一棵矮树上摘柠檬。过不久,鱼端来,上面果真有四分之一块柠檬。

"这柠檬,就是你刚才在院子里摘的吗?"我问。

"是呀!"

我不胜钦慕,原来他们的调味品就长在院子里的树上。

还有一次，宿在恒春农家。

清晨起来，槟榔花香得令人心神恍惚。主人为我们做了"菜脯蛋"配稀饭，极美味，三口就吃完了。

主人说再炒一盘，我这才发现他是跑到鹅舍草堆里去摸蛋的，不幸被母鹅发现，母鹅气红了脸，叽嘎大叫，主人落荒而逃。

第二盘蛋便在这有声有色的场景配乐中端上来，我这才了解那蛋何以那么鲜香。而母鹅訾骂不绝，掀天翻地，我终于恍然大悟，原来每一枚蛋的来历都如希腊神话中普罗米修斯盗天火。

我因妄得这非分之惠而感念谢恩——这些，都是十年前的事了。今晨，微雨的窗前，坐忆旧事，心中仍充满愧疚和深谢，对那只鹅。

丈夫很少去菜场，一年一两次，有一次要他去补充点小东西，他却该买的不买，反买了一大包鱼丸回来，诘问他，他说："他们正在做哪！刚做好的鱼丸！我亲眼看见他在做的呀，所以就买了。"

用同样的理由，他在澳大利亚买了昂贵的羊毛衣，他的说辞是："他们当着我的面纺羊毛，打羊毛衣，当然就忍不住买了！"

因为看见，因为整个事件发生在我面前，因为是第一手经验，我们便感动。

但愿我们的城市也充满"正在发生"的律动，例如一棵你看着它长大的树，一片逐渐成了气候的街头剧场，无论什么事……亲自参与了它的发生过程，总是动人的。

浪掷

然而，是这样的吗？不是这样的吗？在生命面前我可以大发职业病做一个把别人都看作孩子的教师吗？抑或我仍然只是一个太年轻的蒙童，一个不信不服欲有辩而又语焉不详的蒙童呢？

开学的时候，我要他们把自己形容一下，因为我是他们的导师，想多知道他们一点。

大一的孩子，刚从成功岭下来，从某一点上看来，也只像高四罢了，他们倒是很合作，一个个把自己尽其所能地描述了一番。

等他们说完了，我忽然觉得惊讶不可置信，他们中间照我看来分成两类，有一类说"我从前爱玩，不太用功，从现在起，我想要好好读点书"；另一类说"我从前就只知道读书，从现在起我要好好参加些社团，或者去郊游"。

奇怪的是，两者都有轻微的追悔和遗憾。

于是我想起一段三十多年前的旧事，那时流行一首电影插曲（大约叫《渔光曲》吧），阿姨舅舅都热心播唱，我虽小，听到"月儿弯弯照九州"，觉得是可以认同的，却对其中另一句大为疑惑。

"舅舅，为什么要唱'小妹妹青春水里流呢'？"

"因为她是渔家女嘛，渔家女打鱼不能上学，当然就浪费青春啦！"

我只知道当时自己心里立刻不服气起来，但因年纪太小，不会说理由，不知怎么吵，只好不说话，但心中那股不服倒也可怕，可以埋藏三十多年。

等读中学听到"春色恼人"，又不死心地去问，春天这么好，为什么反而好到令人生恼，别人也答不上来，但事情一定不是这样的，一定另有一个道理，那道理我隐约知道，却说不出来。

更大以后，读《浮士德》，那些埋藏许久的问句都汇拢过来，我隐隐知道哪里有番解释了。

年老的浮士德，对着满屋子自己做了一生的学问，在典籍册页的阴影中他瞥见窗外的四月，歌声传来，是庆祝复活节的喧哗队伍。那一霎间，他懊悔了，他觉得自己的一生都抛掷了，他以为只要再让他年轻一次，一切都会改观。中国元杂剧里老旦上场照例都要说一句"花有重开日，人无再少年"，说得淡然而确定，也不知看戏的人惊不惊动，而浮士德却以灵魂押注，换来第二度的少年以及因少年才"可能拥有的种种可能"。可怜的浮士德，学究天人，却不知道生命是一桩太好的东西,好到你无论选择什么方式度过,都像是一种浪费。

生命有如一枚神话世界里的珍珠,出于沙砾,归于沙砾,晶光莹润的只是中间这一段短短的幻象!然而,使我们颠之倒之甘之苦之的不正是这短短的一段吗?珍珠和生命还有另一个类同之处,那就是你倾家荡产去买一粒珍珠是可以的,但反过来你要拿珍珠换衣换食却是荒谬的,就连镶成珠坠挂在美人胸前也是无奈的,无非使两者合作一场"慢动作的人老珠黄"罢了。珍珠只是它圆灿含彩的自己,你只能束手无策地看着它,你只能欢喜或喟然——因为你及时赶上了它出于沙砾且必然还原为沙砾之间的这一段灿然。

而浮士德不知道——或者执意不知道,他要的是另一次"可能",像一个不知是由于技术不好或是运气不好的赌徒,总以为只要再让他玩一盘,他准能翻本。三十多年前想跟舅舅辩的一句话我现在终于懂得该怎么说了,打鱼的女子如果算是浪掷青春的话,挑柴的女子岂不也是吗?眼目为之昏耗,脊骨为之佝偻,还不该算是青春的虚掷吗?此外,一场刻骨的爱情就不算烟云过眼吗?一番功名利禄就不算滚滚尘埃吗?不是啊,青春太好,好到你无论怎么过都觉浪掷,回头一看,都要生悔。

"春色恼人"那句话现在也懂了,世上的事最不怕的应该就是"兵来有将可挡,水来以土能掩",只要有对策就不怕对方出招。怕就怕在一个人正小心地和现实生活斗争,打成平手之际,忽然阵外冒出一个叫宇宙大化的对手,他斜里杀出一记叫春天的绝招，身为人类的我们真是措手不及。对着排天倒海而来的桃红柳绿，对着蚀骨的花香，夺魂的阳光，生命的豪奢绝艳怎能不令我们张皇失措？当此之际，真是不做什么要懊悔——做了什么也要懊悔。春色之叫人气恼跺脚，就是气在我们无招以对啊！

回头来想我班上的学生，聪明颖悟，却不免一半为自己的用功后悔，一半为自己的爱玩后悔——只因太年轻啊！只因年轻，以为只要换一个方式，一切就扭转过来而无憾了。孩子们，不是啊，真的不是这样！生命太完美，青春太完美，甚至连一场匆匆的春天都太完美，完美到像喜庆节日里一个孩子手上的气球，飞了会哭，破了会哭，就连一日日空瘪下去也是要令人哀哭的啊！

所以，年轻的孩子，连这个简单的道理你难道也看不出来吗？生命是一个大债主，我们怎么混都是它的积欠户，既然如此，干脆宽下心来，来个"债多不愁"吧！既然青春是一场"无论做什么都觉是浪掷"的憾意，何不反过来想想，也几乎等于"无论诚恳地做了什么都不必言悔"，因为你或读书或玩，或作战，或打鱼，恰好就是另一个人叹气说他遗憾没做成的。

——然而，是这样的吗？不是这样的吗？在生命面前我可以大发职业病做一个把别人都看作孩子的教师吗？抑或我仍然只是一个太年轻的蒙童，一个不信不服欲有辩而又语焉不详的蒙童呢？

陆流苏

小小的烛光

台上的光晕很柔和,音乐如潮水,在大厅中回荡着。而在这一切之中和这一切之外,我看到一支小小的烛光,温柔而美丽,亮在很高很高的地方。

他的头发原来是什么颜色已经很难猜了,因为它现在是纯粹珠银白。

他的身材很瘦小,比一般中国人还要矮上一截儿。加上白色的头发,如果从后面看上去,恐怕没有人会想到他是美国人——我多么希望他不是美国人。每次,当我怀着敬畏的目光注视他,我心里总羼合着几分嫉妒、几分懊恼、几分痛苦。为什么,当我发现一个人,秉赋了我所钦慕的诸般美德,而他却偏偏是一个美国人呢?为什么在我心中那个非常接近完美的人,竟不属于我自己的民族?

他已经很老了,被称为老桑,听说是六十七岁。他看起来也并不比实际岁数年轻。当然，如果他也学中国老头的样子，坐在大躺椅里抱孙子玩，闲来就和一般年纪的人聊天喝酒，或是戴着老花镜搓麻将，那么，他也许看起来不致这么憔悴吧！

他身上所有的东西大概也都落伍二十年了，细边的眼镜，宽腿的裤子，带着长链子的怀表，以及冬天里很古怪的西装。每次在走廊上碰面，我总要偷偷地看他几眼，那些古老的衣物好像从来也没有进步的迹象。我常常怀疑，他究竟藏有多少条这种可笑的裤子？为什么永远也穿不完呢？

他颈上的皱褶很深很粗，如果要把那些松弛的地方重新撑饱满，恐怕还得二十多斤肉呢！他有一个很尖峭的鼻子——那大概就是他唯一不见皱纹的地方了。他的眼光很清澈，稍微有点严厉，长方带尖的脸型衬着线条分明的薄嘴唇，嘴角很倔强地向下拢着，向里陷着。使他整个人的容貌都显露出一种罕见贵族气质。

那年，我是二年级，他就到学校来了。他是来接任系主任的。可是他刚来几天就贴出海报要招募合唱团员，我当时很从心里怜悯他，不过也有几分认为他是太幼稚、太不明实况。其实当个系主任就够忙的了，何苦又自己另找罪受，他所征来的那批人马，除了少数几个，大部分连五线谱都认不清楚的。每天中午休息的时侯，他们就在二楼靠边的那间教室里练习。一首歌翻来覆去地唱了有个把月，把每个人的耳朵都听腻了，他们还是唱不准。后来记不清有一次怎样的集会，他们居然正式登台了。唱的就是那首人人已经听够了的歌。老桑先生急得一面指挥，一面用他以前学过的苏州话帮腔，结果还是不理想。其实那次失败并不意外——甚至我想连他自己也不会觉得有什么意外的。

意外的是四年后一个美丽的春天晚上，还被邀请坐在学校的大礼堂里。紫红绒的帷幕缓缓拉开，灿烂的花篮在台上和台下微笑着，节目单很有分量地沉在我的手中，优雅的管弦乐在台上奏着，和谐的四重唱缭绕而弥漫。我不能不感到惊讶，我不知道，我真不知道，这些年来，他用的是怎样的一根指挥棒。

他又是个极仔细的人。那时侯学校宿舍还没盖好，所有的女生都借住在阳明山腰的一个夏令营地，山上蚊虫很多，我们经常是体无完肤的。有一次，他到山上看我们，饭后大家坐在饭厅里，他的眼睛盯在那两扇纱门上，看来往的同学怎样开关它。其实大部分的同学是只管开门不管关门的。许多人只顾走进走出，然后就随便由自动弹簧去使它合上了。他看了一会儿，站起来。我还以为他要发表有关生物学的演讲呢——他学的是生物——不料他很严肃地直走到纱门前。

"知道为什么有这么多的蚊子吗？"他的目光四下巡视，没有人说话，他指着不甚合拢的门说，"门不是这样关的，这样一定有缝。"

他重新把门推开，先关好其中第一扇，然后把第二扇紧紧地合上去，最后又用力一拉。纱门合拢了，连空气都不夹呢！他满意地微笑，又沉默地退到座位上去了。

我特别喜欢看他坐在书库里的样子。这两年来，学校不断地扩充，图书馆的工作不免繁复而艰巨，要把一个贫乏的，没有组织、没有系统的图书馆重头建设起来，真需要不少的魄力呢？我真不晓得他为什么又和这种工作发生了关系。那年我被分到图书馆做工读生，发现所有的旧次序都需要另编，真让我不胜惊骇。每次，当我编排书目的时候，他好像总在那里。安静地，穿着一身很干净的浅颜色衣服，坐在高高的书架下面，很仔细地指导工作。他的样子很慎重，也很怡然。日子久了，偶然走进书库，如果他不在那里，我好像也能看见一个银发的影子坐在那儿。好几次，我很冲动地想告诉他那四个字——皓首穷经。但我终于没有说，用文字去向一个人解说他已经了解、已经践行的真理，实在有点可笑。

想他是很孤单的，虽然他那样忙。桑夫人已经去世多年了，学校里设有一个桑夫人纪念奖学金。我四年级的时候曾经得过它。那天，他在办公室见我，用最简单的句子和我说话。他说得很慢，并且常常停下来，尽可能地思索一个简单的词汇——后来我渐渐知道这是他和中国人说话的习惯。其实他的苏州话说得不错，只是对大多数的学生而言听不习惯。

"哦，是你吗？"他和我握手，我忽然难受起来，我使他想起他的亡妻了。我觉得那样内疚。

"我要一张你的照片，"他很温和地说，"那个捐款的人想看看你。"

"好，"我渐渐安定下来，"下礼拜我拿给你。"

"我可以付洗照片的钱。"他很率真地笑着。

"不,我要送给你!"

那次以后,我常常和他点点头,说一句早安或是哈喽。后来我毕业了,仍旧留在学校里,接近他的机会更多了。我才发现,原来他那清澈的双目中有一只是瞎了的!那天我和他坐在一辆校车里,他在中山北路下车。他们系里的一个助教慌忙把头伸出窗外。

"桑先生,"他叫着,"今天坐计程车回去吧,不要再坐巴士了。"

他回过脸来,像一个在犯错的边缘被抓到的孩子,带着顽皮的笑容点了点头。

"你看,他就是这样。人病着,还不肯停。"那助教对我说,"并且他有一只眼已经失明了,还这样在街上横冲直撞的叫人担心。"

我忽然觉得喉头被什么哽咽住了,他瞎了一只眼!难怪他和人打招呼的时候总是那样迟钝,难怪他下楼梯的时候显得那样步履维艰。他必定忍受了很大的痛苦,什么都不为,什么都贪图,这是何苦来呢!

"只有受伤者,才能安慰人",或许这就是上帝准许他盲目的唯一解释。学生有了困难,很少不去麻烦他的。常常看他带着一个学生走进办公室来,慢慢地说:"这个男孩他需要帮助。"他说话的时候每每微佝着腰,一只手搭在那学生的肩膀上,他的眼光透过镜片,透露出深切真挚的同情——以至让我觉得他不可能瞎过,他总让我不由自主地想起一句话:"从来没有一个人,像屈身帮助一个孩子的人那样直。"

他唯一帮不上忙的工作,恐怕就是为想留学的人写介绍信了。有一次,吴气急败坏地来找我。

"我托错人了,人家都说我太糊涂,"她说得很快,不容我插嘴,"你知道,人家说凡是请他写介绍信的,就没一个申请成功,我也没希望了。我事前一点不晓得,只当他是个大好佬呢!"

"你知道,他也写得太老实了,唉,这种人真是没办法,一点谎都不撒。"她接着说,气势逐渐弱了,"你说,写介绍信怎么能不吹嘘呢?何必那么死心眼儿?"

她走后办公定里只剩下我一个人。想象中仿佛能看到他坐在对面的办公室里,面对着打字机,一个字母一个字母地斟酌,要写封诚实无讹的介绍信。但他也许不会知道,这种诚实并不被欢迎。

他的生活很简单,除了星期天,他总是忙着。有时偶然碰到放假,我到办公室去看他一眼,他竟然还在上着班,打字机的声音响在静静的走廊上,显得很单调。

他爱写一些诗,有几首刊载出来的我曾经看过,但我猜想那是多年以前写的了,这些年来,他最喜欢的恐怕还是音乐。他有一架大钢琴,声音很好,也很漂亮。放在大礼堂里,从来不让人碰。去夏令营的时候,学音乐的徐径自跑上去弹,工友急忙跑来阻止。他很严重地叫道:"桑先生听见要生气的!"

"弹下去,孩子。"另一个声音忽然温和地响起,那双流露着笑意的眼睛闪着,是桑先生来了,"他叫什么名字,弹得真好。"

我不由想起那古老的瑶琴的故事。

后来有次在中山堂听音乐,徐忽然跑过来,指着前面说:"瞧,那不是你们的老桑先生吗?他,很可爱。"

"是的,我们的老桑先生,"我不觉地重复着徐的话,"他很可爱。"

我想,徐已经了解我说的是什么了。

节目即将开始,我却不自禁地望着他的背影,那白亮的头发,多沟纹的后颈,瘦削的肩膀。我不由想起俄曼在《青春》一文中开头的几句话:"青春并不完全是人生中的一段时光——它是一种心理的状态。它并不完全指丰润的双颊、鲜红的嘴唇、或是伸屈自如的腿胫。而是意志的韧度、理想的特质、情感的蓬勃。在深远的人生之泉中,它是一股新鲜沁凉的清流。"我觉得,他是那样年轻。这时他发现了我,回头一笑。在那安静自足的笑容里,我记起上次院长和我谈他的话了。

"你看他说过话吗?不,他不说话的,他只是埋着头做事。"有一次我问:"桑先生,你这样干下去,如果有一天穷得没饭吃怎么办?"

他很郑重地用苏州话说:"我喝稀饭。"

"稀饭也没得喝呢?"

"我喝开水！"

我忍不住抵了身旁的德一下。

"这是为什么呢？德，"我指了指前面的桑先生，"一个人孤零零地、颤巍巍地绕过半个地球，住在这里，听另外一种语言，吃另外一种食物。没有享受，只有操劳，没有聚敛，只有付出。病着，累着，半瞎着，强撑着，做别人不在意的工作，人家只把道理挂在嘴上说说，笔下写写，他倒当真拼着命去做了，这，是何苦呢？"

"我常想，"德带着沉思说，"他就像马太福音书里所说的那种光，点着了，放在高处。上面被烧着，下面被插着——但却照亮了一家的人，找着了许多失落的东西。"

灯忽然熄了，节目开始，会场立刻显得空旷而安静。台上的光晕很柔和，音乐如潮水，在大厅中回荡着。而在这一切之中和这一切之外，我看到一支小小的烛光，温柔而美丽，亮在很高很高的地方。